어쩌다 외교관,
그러다 방랑자

독일 함부르크에서 파키스탄 카라치까지

어쩌다 외교관, 그러다 방랑자

김학성 에세이

밥북
B·OO·K

정붙이고 살만하면 떠나야 하는 것이 외교관의 삶인가? 외교부 동료 직원들만큼 인연과 함께 살아가는 사람들이 또 어디에 있을까?

외교부 본부 근무 시절 퇴근길에 소주잔 기울이던 가까운 동료 직원들이 종이 한 장의 발령으로 저 먼 아프리카, 중남미 등 인연이 닿는 곳으로 흩어져 사라져 가는 비장한 모습을 가슴 아프게 지켜보았다. 그들의 뒷모습에서 나의 모습을 발견하며 새롭게 맞이할 '인연'이라는 두 글자를 새겨보고 또 새겨보았다. 나의 글을 쓰면서 오대양 육대주 어려운 임지에서 때로는 행복하고 때로는 고뇌하고 있을 살가운 외교부 동료들의 삶을 생각해 본다.

외교부에 입부했을 때 독일어 전공을 살려 독일 전문가가 되어야겠다는 목표를 세웠지만, 베를린, 함부르크, 프랑크푸르트, 프라이부르크를 넘나들며 17.5년이라는 긴 세월을 독일에서 보내게 될 줄은 미처 생각하지 못했다. 남해안 거금도 섬마을 중학교 시절 걸음마 영어를 배우면서 그것으로 부족해 동네 형의 고등학교 독일어 교과서를 훔쳐보았던 호기심의 죄가 나를 독일과 맺어 주었을까. 아니면 고등학교 시절 독일어 교과서에 있는 몇 장의 흑백 사진이 나를 독일로 보냈을까. 나의 독일 이야기를 어디에서 시작하여 어디에서 끝낼 수 있을까. 동지섣달 기나긴 겨울밤에 나의 독일 보따리를 풀어 헤치면 끝이 날 수 있을까. 붉은 석양 노을이 드리운 엘베강 변 모래밭에 앉아 함부르크항을 떠나가는 컨테이너선의 슬픈 뱃고동 소리에 가슴 시렸던 나의 모습이 그리워진다.

세계에서 가장 살기 어려운 도시 Top 5에 들어가는 카라치. 흙먼지를 덮어쓰고 산더미 같은 쓰레기를 헤집고 있는 어린 소년 소녀의 가엾은 모습이 나를 아프게 한다. 그 어려운 환경에서 하루하루를 힘겹게 버텨 나가고 있는 카라치 시민들의 모습이 가슴 아프다.

그러나 카라치도 사람이 사는 곳이다. 오늘도 어김없이 떠오른 붉은 태양은 아름다운 석양 노을을 드리우며 아라비아해 저편으로 사라져 간다. Bougenvillea(부겐빌레아)의 화려한 열대 꽃의 자태가 눈부시다. 흙먼지 속에서 남루한 옷을 걸치고 녹슨 오토바이와 릭샤를 타고도 포기하지 않고 그들은 달린다. 쓰레기 더미를 뒤지고 두 손을 벌려 구걸하는 것도 삶을 사랑하기 때문이다. 그들은 죽지 않았다. 그들에게도 희망은 있다.

'사람 위에 사람 없고 사람 아래 사람 없다'라는 나의 평소의 생각에 관용과 연대를 생각하며 나의 25년 재외공관 근무 시절에 들꽃처럼 피어오른 인연의 이야기를 따뜻한 가슴으로 적어 보았다.

- 글쓴이 김학성

- 인간적인 외교관 생활을 접하는 즐거움을 선사하다

외교관들의 생활은 보통 사람들에게는 호기심과 더러는 경외심을 갖게 한다. 호기심이란 일반인에게는 잘 알려지지 않은 외교관들의 특수한 해외 생활에 대한 흥미로움과 궁금증을 갖게 한다는 의미일 것이고, 경외심은 외교관들의 생활이 일반인들의 생각과는 달리 결코 호화스럽다거나 화려하지 않고, 만 리 이국 낯선 땅에서 보이지 않은 동포애와 애국심으로 살아간다는 것이리라.

저자인 김학성 총영사와 나와의 인연은 몇 년 전 통일 세미나에서 만나 시작되었다. 사실은 나도 외교관들의 생활에 관하여 잘 모르고 있었지만, 그때 그와의 대화 속에서 외교관들의 보람과 어려움을 알 수 있었을 뿐만 아니라 그의 사회 과학적 지식과 범상치 않은 철학은 나에게 깊은 인상을 주었다. 특히 독일에 관한 정치, 경제, 문화와 역사 등에서의 해박한 지식은 나를 매료시켰고, 문학과 음악 등의 분야에서 풍기는 예술적 감성은 그에 대한 존경과 경탄을 자아내게 하였다. 그는 이른바 요즘 유행하고 있는 융합적인 또는 통섭적인 지식인임이 틀림없다.

내가 최근 관심을 갖고 있는 지역학 공부를 하면서 그를 더욱 달리 바라보게 되는 나의 관점은 저자가 훌륭한 독일 지역학자라는 점이다.

나는 근년에 그의 권고와 도움으로 독일 함부르크 대학에서 연구년 생활을 하게 되었는데, 독일 한인 사회에서 그의 명성은 전설이 되어 있었다. 나로서는 처음 겪는 독일에서의 연수 생활이었지만 그의 이름을 팔아먹은(?) 덕분에 크게 도움을 받았다. 이미 떠난 독일 함부르크 곳곳에 배어 있는 그의 삶의 체취는 저자가 얼마나 열정적인 휴머니스트 외교관으로 생활하였는지를 알게 해 주었다. 그의 삶의 체취는 정말 향기로운 것이었다.

이 책은 저자의 인간애 그리고 외교관으로서의 애국심을 갖고 살아온 삶의 여정에서 얻게 된 경험을 바탕으로 휴머니즘적 관점에서 독일을 비롯한 외국에 관한 지식과 체험을 재미있는 문체로 엮어낸 미셀러니이다. 여기에 그의 인간미 넘치는 순수한 감성이 더해져 책을 한 번 들면 놓지 못하게 하는 마력까지도 스며 있다. 부디 이처럼 감동적인 작가의 세상 이야기들이 이 책 한 권으로 끝나지 않고 씨암탉 알 품듯 체온으로 엮어져 계속되었으면 하는 바람이다.

- 동신대학교 교수 한승훈

차례 _____

어쩌다 외교관,
그러다 방랑자

01

이렇게 맛있는 것을

이렇게 맛있는 것을

베를린 Gruenewald(그뤼네발트) Goldfinkweg 7번지 우리 집 정원에 여우가 나타났다. 부엌 창문 너머로 그놈을 자세히 살펴보니 코를 벌름거리고 있다. 경계심도 별로 없는 것 같다. 무슨 향기로운 냄새를 맡은 모양이다.

"이놈 봐라. 겁 없이 우리 집 부엌 쪽으로 다가오네. 너 지금 이 냄새 맡고 그냥 지나가지 못하겠지. 거부할 수 없는 유혹 아니겠니. 베를린 이곳저곳 싸돌아다녀 봤겠지만 이런 향기를 어디서 맡을 수 있겠니. 우리 집 아니면 이런 향기로운 냄새가 어디에서 나겠니. 도저히 그냥 가지 못하겠지. 베를린 그뤼네발트에서 여우로 태어나 풍찬노숙하며 살아남은 네 운명이 가엾구나. 배가 고파서 사람 사는 동네를 기웃거리고 있는데 뭣이라도 좀 얻어먹었는지 모르겠구나. 독일 사람들이 먹다 남은 소시지라도 좀 던져 주었다면 좋았을 텐데. 배가 홀쭉하네. 조금만 참아라. 내가 뭘 좀 줄게."

냉장고에서 소시지 하나를 꺼내 창문을 열고 던졌다. 창문 여는 소리에 놀라 뒤로 내빼는가 싶더니만 돌아서 잽싸게 소시지를 입에 물었다. 두서너 번 씹더니만 게 눈 감추듯 그대로 삼켰다. 혀를 날름거리며 입맛을 다시고 있는 것이 무척이나 배가 고팠던 모양이다.

경계하던 모습은 어느새 사라지고 이젠 엉덩이를 돌바닥에 깔고 아예 자리를 잡았다. 더 달라고 사정하는 것이 아니라 "뭐 하고 있느냐. 빨리 내놓지 않고?" 그렇게 떼를 쓰고 있는 것 같았다. "소시지같이 흔한 것, 허접한 것 말고 지금 당신 집을 감싸고 있는 거부할 수 없는 향기로운 특식을 빨리 내놓으란 말이오!"라고 빚쟁이 독촉하듯 눈을 이리 돌리고 저리 돌리면서 꼬리를 살살 흔들어 대고 있었다.

"이놈 봐라. 이럴 줄 알았어. 이젠 사람을 별로 무서워하지도 않고 배 째라는 태도네. 이렇게 먹거리를 주면 다른 데 가지 않고 우리 집 정원 구석에서 돗자리 깔고 눌어붙어 있을 것 같아 그것이 걱정되어 마음이 아프지만 눈 딱 감고 아무것도 주지 않으려고 했는데."

방금 요리한 '멸치볶음'을 한 숟갈 담아 바닥에 던져 주었더니 침 자국을 남기며 싹싹 핥아 먹었다.

"여우야. 기가 막히지. 독일 소시지와는 비교도 안 되지? 방금 네가 먹은 것이 뭔지 아니. 이것이 바로 그 유명한 내 고향 '거금도 멸치볶음'이란다. 거금도 청정 바다에서 무리 지어 놀던 은빛 멸치에다 콩기름과 간장, 파, 설탕, 깨소금을 넣어 정성스럽게 볶아 낸 바로 그 '거금도 멸치볶음'이라는 것이야. 기가 막힌 맛이지. 여우 네 평생 이런 천하 진미는 두 번 다시 맛보지 못할 거다. 오늘이 처음이자 마지막이다. 명심해라. 우리 집에 가끔 오면 소시지 정도는 줄 수 있다고 약속할 수 있겠지만, 멸치볶음은 국물도 없다. 꿈도 꾸지 마라. 우리 가족 먹기에도 부족하다. 멸치볶음 한 숟갈은 소시지 10개와도 바꾸지 않아. 알았어? 더 이상 줄 것 없으니 빨리 가거라. 빨리 가. 그뤼네발트 숲에 가서 잠을 자든지, 배가 아직 부르지 않으면 옆집 독일 사람 집에 가보든지."

여우 몰골이 말이 아니다. 배도 홀쭉하고 몸에 살도 많이 붙어 있지 않고 털은 윤기가 없어 보였다.

"여우야. 너는 왜 하필이면 베를린에서 태어났니? 여기가 아니라 내 고향 거금도에서 태어났다면 먹을 것이 지천으로 깔려 날마다 바닷가만 어슬렁거리고 돌아다녀도 될 텐데. 이런 맛있는 멸치는 말할 것도 없고 말리고 있는 네 얼굴만 한 생선을 훔쳐 횡재할 수도 있는데. 우리 거금도 섬 동네 도둑고양이들은 생선을 훔쳐 먹어 털이 참기름 바른 것처럼 반들반들한데 너는 꺼칠한 게 참 가슴 아프다. 몸에 별로 좋지 않은 가공식품인 소시지 같은 것을 얻어먹고 돌아다니다 보니 그런 것 아니겠니. 앞으로는 집집마다 돌아다니며 구걸할 생각 말고 그뤼네발트 숲 속에서 싱싱한 음식을 찾도록 노력해 봐. 언제까지 사람에게 얻어먹고만 살래. 알았니. 이 여우야. 아이고 불쌍한 것."

나는 베를린 고급 주거지 중의 하나로 평가받고 있는 Zehlendorf(젤겐도르프) 지역에 살았다. 거대한 나무숲 아래, 그야말로 하늘이 보이지 않는 숲의 터널에서 매일 산림욕을 하며 살았다. 그것으로 부족해 집에서 3분만 걸어가면 그뤼네발트 숲이 기다리고 있다.

어쩌다 외교관, 그러다 방랑자

'베를린의 숲'으로 불리는 그뤼네발트는 베를린의 서남쪽 지역에 위치하고 있는 베를린에서 가장 큰 숲이다. 어림잡아 10개 정도의 크고 작은 아름다운 호수가 숲 속에 펼쳐져 있다.

그뤼네발트 서쪽으로는 Havel(하벨)강이 흐르고 있다. 강폭이 좁은 하벨강은 갑자기 끝없이 넓은 호수를 만들었다가 다시 좁은 강으로 줄었다가 다시 호수를 만들어 가며 Potsdam(포츠담)을 감싸고 흘러간다. 그뤼네발트 서쪽 가장자리를 따라 끝없이 펼쳐진 하벨강 변 수변 갈대의 아름다움은 말로 설명할 길이 없다. 물안개가 피어나는 그뤼네발트 호숫가를 한 바퀴 돌고 숲 속으로 난 길들을 따라 걷는 것은 사람들만 누릴 수 있는 행복이 아니다. 베를린 시민들과 함께 살아가는 멧돼지, 여우, 고슴도치 등 동물 가족에게도 그뤼네발트는 천국이다.

특히나 베를린은 여우들의 놀이터이기도 하다. 그뤼네발트를 비롯하여 베를린 전 지역에 4만여 마리의 여우가 살고 있다고 한다. 그렇다 보니 여우가 여기저기 기웃거리고 있는 것이 쉽게 눈에 띈다.

그러나 그뤼네발트는 역사의 아픔을 품고 있어 가슴이 시린 곳이기도 하다. 1941년 10월 베를린에서 최초로 1천여 명의 유대인을 태운 열차가 그뤼네발트 17번 선로를 떠나 강제 수용소로 향했다. 10월 스산한 가을바람에 떨어지는 나뭇잎과 함께 그들은 다시 돌아올 수 없는 죽음을 향해 먼 길을 떠났다.

그뤼네발트에 살고 있는 여우가 우리 집까지 놀러 와서 멸치볶음을 얻어먹기 며칠 전에 고향 거금도에서 멸치를 담은 소포가 베를린에 도착했다.

대사관 주소를 달고 오는 소포는 외교관 면세로 세관에서 쉽게 통과되어 우체국을 통해 바로 배달된다. 그러나 나는 우체국으로부터 세관을 방문하여 멸치 소포를 직접 찾아 가라는 통보를 받았다. 내 소포에서 이상하고 역겨운 냄새가 진동하여 세관 직원이 손을 대지 못하고 있다고 했다. 우체국 직원은 나의 거금도발 소포를 Stinkbombe(악취 나는 폭발물)라고 했다.

이런 일이 일어나기 1주일 전쯤 고향에 계신 아버지께 안부 전화를 드렸다. 엄마가 살아 계신다면 "내 막둥아, 내 새끼야" 하며 전화 수화기 저편에서 절절한 목소리가 들려올 텐데 그리운 목소리는 온데간데없다. 그 대신 아버지의 묵직한 소리가 엄마의 부재를 가슴 아프게 알려 줄 뿐이었다.

"나는 잘 지내고 있다. 걱정하지 말아라. 너의 형수가 해 주는 밥 잘 먹고 잘 지내고 있다. 먼 외국에서 고생하고 있는 네가 걱정이다. 너의 형수가 멸치하고 오징어를 보냈으니 너의 큰형수 마음을 잊지 말아라."

"우리 큰형수님의 마음 씀이 눈물 나게 고마운데 포장을 하려면 제대로 하지 어떻게 했길래 소포 옆구리가 터져서…"

큰형수님의 깊고 따뜻한 마음을 잊어버리고 오히려 원망하면서 세관을 향해 가고 있었다. 멸치와 오징어가 아름다운 향기를 발산하고 있을 '악취 나는 폭발물'에 다가가는 나의 발걸음이 무거웠다.

"소포를 찾자마자 줄행랑치면 그만이지. 체면 한 번 살짝 구기면 그만인 거지. 뭐 별거 있겠어. 세관 공무원을 베를린 길거리에서 또 만나겠어, 뭐 하겠어.

멸치, 오징어 냄새가 어때서. 독일 놈들이 마른 멸치, 오징어 냄새를 시체 썩는 냄새보다 더 지독하게 생각한다는데 자기들 코가 잘못된 거지. Stinkkäse(지독한 냄새를 풍기는 치즈)에 비하면 마른 멸치, 오징어 냄새는 양반 중에 상 양반 아닌가. 자연의 향기지. 자연의 향기.

더욱이 내 고향 거금도 멸치를 뭐로 보고 그런 말을 하는 거야. 내 고향 거금도의 자존심을 모독하다니. 똥 묻은 개가 겨 묻은 개 나무라는 꼴이지."

독일 세관 공무원은 그냥 보고만 있어도 위압적인 느낌이다. 세관 공무원은 ZOLL(세관)이라는 단어가 등짝에 크게 부착된 푸른색 유니폼을 입고 거만한 품새를 자랑하고 있다. 독일 사람들은 보통 체격이 좋다. 그중에서 체격 좋은 사람만 골라서 채용했는지 모르겠지만, 세관 공무원은 유독 크게 보였다.

세관 공무원은 별로 말도 없고 무뚝뚝한 표정이다. 멸치 소포가 세관 공무원의 만만한 소주 안줏감이 되어 나를 기다리고 있을 것 같았다. 다수의 위세에 몰려 죄인 아닌 죄인 취급을 받게 되는 것 아닌가 은근 걱정이 앞섰다.

세관 사무실에 들어섰다. 그러나 내 생각과 다르게 세관 공무원 3명이 근무하고 있는 작은 지역 사무소였다. 게다가 1명은 휴가로 비번이어서 내 또래 나이의 세관 공무원 2명이 단출하게 사무실을 지키고 있었다. 일단 2:1의 상황이 나에겐 작은 선물이었다.

게다가 창고 구석에 소포가 있다며 고개를 절레절레 저으며 빨리 가져가라고 안절부절못하는 세관 공무원의 표정이 위압적인 모습보다는 어린애같이 약간 유치하게 보였다.

세관 사무실에 들어설 때의 나의 왜소함은 어느새 소리 소문 없이 사라져 버렸다. 이제 수세에서 공세로 상황이 바뀌었다. 내가 승기를 잡은 것 같았다.

"내 소포 어디 있어요?"

"저기, 저기요. 저 창고 구석 저기에. 도저히 견딜 수 없는 악취가 풍겨 미치겠어요. 환풍기를 가동하고 있습니다. 빨리 가지고 가세요. 빨리. 단 1분도 여기서 지체하지 말고. 저 악취 나는 폭발물을 제발 빨리, 빨리."

나는 창고 구석으로 들어가 내 고향 멸치 박스를 천천히 여유 있게 확인하였다. 박스에 적힌 큰형님의 글씨체가 반가웠다. 기선제압을 위해 의도적으로 여유로운 모습을 보이며 천천히 들고나와 세관 공무원 옆자리에 있는 테이블에 올려놓았다.

"지금 뭐 하고 있는 겁니까. 빨리 가져가세요, 빨리!"

세관 공무원이 자리를 피해 사무실 구석에서 소리치며 아우성이었다. 거의 실신 상태였다.

"(좋습니다. 오늘 당신의 원어민 독일어가 이기는지, 아니면 나의 외국어로서 독일어가 승리하는지 어디 한 번 해봅시다. 괘씸하게 대한민국 외교관을 세관으로 오라 가라 하다니. 그냥은 물러나지 못하겠습니다.)

여기 멸치 박스에서 무슨 냄새가 난다는 겁니까? 약간 냄새가 나는데 이건 냄새가 아니라 향기지요, 향기. 바다의 향기, 자연의 향기가 아니겠습니까.

세관 공무원 양반, 이탈리아 아말피 해변, 프랑스의 남부 지중해 해변, 스페인의 지중해 휴양지 마요르카가 좋다고 독일 사람들 그쪽으로 휴가를 많이 가는데 내 고향 남해 거금도 풍광에 비하면 아무것도 아닙니다. 우리 거금도 풍광을 보면 독일 사람들 입을 다물지 못할 겁니다. 그것으로 부족해 봄철이면 멸치 떼가 몰려들어 파란 바다가 은빛으로 변합니다.

이런 바다에서 잡힌 은빛 반짝이는 멸치를, 우리 거금도의 자랑을 악취 풍기는 폭탄이라고 하다니 이게 도대체 말입니까. 유감입니다. 독일 사람들은 온갖 치즈가 혼합되어 썩은 냄새가 진동하는 치즈 가게에 들어가 눈을 지그시 감고 코를 킁킁대면서 향기롭다고 하지 않습니까. 제가 보기에는 독일 치즈 가게의 악취야말로 핵폭탄 수준입니다.

우리 고향 멸치에다 식용유를 넣고 간장과 설탕, 깨소금 등을 넣고 볶으면 옆에 사람 다 죽어 나가도 모르는 밥도둑이 되고도 남습니다.”

“이런 썩은 냄새가 진동하는 것을 음식으로 먹다니 한국 사람들 제정신입니까? 하여튼 빨리 가지고 가세요. 제발 1초도 머뭇거리지 말고. 제발!”

“세관 공무원 양반, 멸치볶음이 맛도 맛이지만 칼슘이 많이 들어 있어 골다공증 예방에 아주 좋습니다.”

“제발, 제발. 저 지독한 냄새 1초도 더 이상 못 견디겠으니 제발…”

세관 공무원은 절규했다.

“알았어요. 알았어. 이제 가 보렵니다. 우리 고향에서 멸치 박스가 또 올 텐데. 내가 세관 사무실로 직접 찾으러 올까요?”

“아니요, 아니요. 다음에는 우리가 특수 마스크를 쓰든지 방독면을 착용하든지 직접 배송해 줄 테니 절대 사무실로 오지 마세요.

이번에도 판단 잘못했소. 이런 악취 나는 소포는 바로 배달해 버리는 게 더 좋았을 텐데 창고에 보관해 두고 고통받았고, 그것으로도 부족해 오늘 당신이 우리 사무실에 와서 (깽판을 쳤으니) 우리가 어리석었습니다. 다음에는 1초도 망설이지 않고 처리하겠습니다.

하여튼 빨리 가세요. 빨리 나가세요. 사무실 공기가 냄새로 가득 차기 전에 제발!"

나는 독일 세관 공무원을 상대로 승리를 거두고 멸치 박스를 가슴에 안고 당당하게 세관 사무실을 나섰다. 그러다 가던 길을 멈추고 다시 돌아서서 세관 사무실 문을 열고 들어갔다. 세관 공무원이 이런 나의 모습을 보고 소스라치게 놀라 소리쳤다.

"아니, 왜 다시 들어오시오. 빨리 나가세요. 악취 나는 폭발물을 들고 왜 다시 들어옵니까. 빨리 나가세요!"

세관 공무원은 비명을 지르며 아우성을 쳤다.

"나가면서 생각해 보니 이러면 안 될 것 같아서요. 나에겐 멸치가 너무나 귀하고 귀한 보물단지이기는 하지만 그래도 사람이 정이 있어야 하지 않겠습니까. 우리 한국 사람들은 콩 조각 하나도 나눠 먹는 따뜻한 정을 가지고 있습니다. 우리 전라도 인심이 그렇게 야박하지도 않고 또 우리 거금도 부모님이 남에게 항상 베풀며 살라고 했는데 어떻게 그냥 가겠습니까. 정말 아깝지만, 큰마음 먹고 멸치 한 주먹 정도 드릴 테니 집에 가서 가족들과 맛있게 볶아 드세요. 오늘 우리 세관 공무원님 만난 것도 다 인연인데…"

"아이고 나 죽겠네. 제발 빨리 가세요. 제발, 제발!"

　　　　　　　　　　　어쩌다 외교관, 그러다 방랑자

02

인연

인연

최루탄 연기 속에 1학년 대학 생활이 얼떨결에 지나갔다. 민주화에 대한 열망으로 대학 캠퍼스는 최루탄 전쟁이었다. 시위 때문에 휴강하는 경우도 가끔 있었으나 다행스럽게 공부의 맥이 끊기지는 않았다. 2학년이 되어 본격적으로 전공을 공부하게 되었다.

독일어 문법 첫 시간에 구레나룻 수염을 한 할리우드 영화배우 뺨치게 시원하고 멋지게 생긴 독일인 강사가 강의실에 모습을 드러냈다. 신선한 충격이었다. 원어민 교사로부터 제대로 된 독일어를 배울 수 있겠다 싶어 기분이 좋았다.

그의 이름은 Walter Kaiser였다. 프랑크푸르트 인근 소도시에서 태어나 프랑크푸르트 대학교를 졸업했다고 자기를 소개했다.

그와 함께 독일어를 공부해 가면서 문득 Kaiser가 황제라는 뜻이기

어쩌다 외교관, 그러다 방랑자

때문에 우리는 그가 독일 제국 황제의 피가 몸속에 흐르고 있는 상당히 고귀한 집안의 후손이 아닌가 추측하기도 했다. 그러나 Kaiser라는 성과 귀족 집안과의 직접적인 관계는 없었다.

첫 강의 시간에 접한 그의 수려한 외모는 부럽기도 했지만, 다른 한편으로 남학생의 배를 아프게 만들기도 했다. 우리 반 여학생들이 저런 멋진 상남자를 보고 우리같이 적당히 못생긴 남학생은 쳐다보지도 않겠다 싶어 신경이 쓰였다. 강의가 끝난 후 여학생들이 Kaiser 강사에게 몰려가 서툰 독일어로 아양을 떨고 있는 것 같아 상당히 신경이 쓰이기도 했다.

"Kaiser 강사의 절반만 닮았어도 여학생과 캠퍼스 잔디밭에 앉아 수작을 부릴 수 있을 텐데. 우리 아버지 어머니는 자식을 만들려면 Kaiser 강사처럼 좀 제대로 만들지, 어떻게 절반 수준도 되지 않게 만들어서…."

특별히 눈에 띨 것 없는 나의 존재감은 Kaiser 강사에게 여러 학생 중의 숨은 그림일 수밖에 없었을 것이다. 그러나 나는 그의 눈도장을 확실하게 받았다. 나의 독일어 실력이 동급생보다 확실하게 한 단계 위라는, 나만의 경쟁력 있는 비장의 무기가 있었기 때문이다.

당시 고등학교에서는 남학생은 제2 외국어로 독일어를, 여학생은 불어를 거의 예외 없이 선택했다. 그러나 대입 예비고사 때 외국어를 하나만 선택하면 되었기 때문에 거의 모든 학생이 영어를 열심히 공부했고 제2 외국어는 뒷전으로 밀려날 수밖에 없었다. 독일어가 영어에 비해 어렵기도 했다. 그래서 친구들 대부분이 2학년 후반부터 독일어 시간에 동공이 풀린 상태로 비몽사몽이었다.

나에게도 독일어는 갈수록 어려웠다. 그러나 거의 모든 친구가 포기한 상태인데 나마저 끈을 놓을 수는 없었다. 독일어 선생님이 남자였다면 나도 크게 고민하지 않고 포기했을지도 모른다. 하지만 독일어 여자 선생님의 얼굴이 떠올라서 그렇게 할 수 없었다. 수업 시간에 "김학성, 알겠지? 이해하겠지? 여기 읽어 봐." 나만 쳐다보며 웃고 있는 천사 같은 여자 선생님을 실망시킬 수 없었다.

나는 대입 예비고사 외국어 과목으로 다른 친구들과 마찬가지로 영어를 선택했지만, 독일어 선생님으로부터 독일어 선택을 권고받기도 했다. 나는 그렇게 고교 시절 독일어 여자 선생님을 좋아했기에 기사도 정신을 발휘하여 독일어를 포기하지 않고 끝까지 열심히 공부했다. 은근히 내 자랑을 하는 것 같지만 부인할 수 없는 사실이다. 외교부에 입부하여 독일 전문가로 성장할 수 있었던 것도 "김학성, 이해하겠지? 잘했어. 여기 읽어 봐. 여기 해석해 봐" 하며 아름다운 천사의 미소 폭탄을 투하했던 독일어 여자 선생님에게서 그 뿌리를 찾을 수 있을 것이다.

Kaiser 강사의 사실상 조교 역할을 담당했던 나는 Kaiser 교수의 애마였던 Volkswagen Käfer(딱정벌레) 자동차를 함께 탈 수 있는 호사를 누리기도 했다. 캠퍼스에서 유일하게 찾아볼 수 있는 빨간색의 독일 자동차는 뭇 학생들의 부러움이었다. 거기에 비례하여 나의 어깨는 더 으쓱해졌다.

그렇게 2년을 함께하고 나는 3학년을 마치고 군에 입대하게 되었다. 전역하고 학교에 복학하니 Kaiser 강사는 더 이상 우리 학교에 없었다.

다른 대학교에서 활동하고 있다는 소식을 들었다. 한 번 물어물어 찾아갈 수도 있었겠지만, 복학 후 진로 문제 등 내 앞길도 가시밭길이었기 때문에 적극적이지 못했다.

세월이 흘러 외교부에 입부하고 프랑크푸르트 총영사관에서 근무할 때도 가끔 생각은 했으나 추억으로만 남겨두었다. 그렇게 Kaiser 강사와 나와의 인연은 한때 대학 시절 스쳐 가는 인연으로 끝나는 것 같았다.

군에 입대한 아들에게 한두 번 면회라도 갈 수 있도록 집사람을 서울에 당분간 남겨두고 딸과 함께 프랑크푸르트에 부임하였다. 합류할 때까지 딸 잘 살피라는 집사람의 당부를 어깨에 짊어지고 나의 두 번째 프랑크푸르트 근무를 시작한 것이다.

도착 다음 날 총영사관으로 첫 출근을 했다. 총영사님이 나를 기대 이상으로, 좀 더 정확하게 말하면 거의 극단적인 수준으로 환영했다.

"아~ 우리 김학성 영사, 김 영사 부임을 손꼽아 기다리고 있었네. 원어민 수준의 독일어를 구사하는 김 영사가 왔으니 이제 내가 할 일이 뭐 있겠어. 사무실에 출근하지 않고 관저에서 놀고먹어도 우리 공관 아무 문제 없이 잘 돌아갈 거야. 독일 박사가 왔는데 더 이상 내가 무슨 말을 하겠어. 김 영사가 알아서 장구 치고 북 치고 다 해."

뭔가 예감이 좋지 않았다. 총영사님이 나의 능력을 높이 평가해 주는 것은 기쁜 일이지만, 뭔가 뒤에 숨어 있다는 것을 직감적으로 느낄 수 있었다.

"김 영사, 우리 공관에 김 영사처럼 독일어 잘하는 영사가 없어 힘들었는데 이런 상황에서 독일 박사가 왔으니 내가 거짓말이 아니라 천만

금을 얻은 심정이야. 두 달 후에 VIP 행사가 예정되어 있는데 걱정이 되어 잠을 잘 수 없었거든."

"예, 잘 알겠습니다. VIP 행사에 대해서는 부임하기 전에 서울에서 이미 알고 있었습니다. 총영사님, 부족하지만 제가 최선을 다해 보겠습니다."

"암 그래야지, 김 영사밖에 없어."

커피를 사이에 두고 잠시 어색한 침묵이 흘렀다.

"그런데 말이야, 무엇보다도 우선 내일 아침에 뮌헨 출장 좀 다녀와야겠어. 3박 4일로."

"예? 출, 출, 출장이요?"

총영사님의 충격적인 폭탄 발언에 나는 말을 더듬거렸다.

"그래, 중요한 정부 대표단이 바이에른주를 방문하는데 일정은 다 잡혀 있어. 김 영사가 내일 뮌헨 공항에 내려가서 대표단을 영접하여 통역하고 안내하면 돼. 비행기 도착 시간에 맞추려면 공관 행정 직원과 함께 행정차로 아침 일찍 새벽에 내려가야 할 거야."

아무리 공관 사정이 그렇다고 해도 사전에 일언반구 언질도 없이 처음 출근한 직원에게 출장을 지시하다니 충격이었다.

"총영사님, 공관 사정은 잘 알겠는데요. 어제저녁에 도착해서 아직 시차도 적응되지 않았고 무엇보다 내일 딸 국제 학교 입학을 위해 인터뷰가 예정되어 있습니다. 어린 딸을 혼자 호텔에 3박 4일 두면 먹는 것도 그렇고 제가 이것저것 챙길 수가 없으니 좀 뭐합니다."

"김 영사, 여기가 다섯 번째 근무지 아닌가? 그럼 공관 근무에 대해서 잘 알 것 아닌가. 좀 어렵겠지만 그렇게 할 수밖에 없어. 나도 웬만

하면 어제 부임한 직원에게 출장 이야기를 꺼내지 않으려고 고민했는데, 방법이 없네. 방법이."

"예, 총영사님. 어떻게 하겠습니까. 어쩔 수 없는 상황이니 그렇게 하겠습니다."

"그래, 김 영사. 나도 잘 알아. 왜 모르겠어, 김 영사 상황이 어렵다는 것을."

독일 근무가 12년 차이고 두 번째 프랑크푸르트 근무이기 때문에 서울에서 인천으로 이사하는 것보다 더 쉬운 일 아니겠느냐며 여유롭게 부임했는데 기대와 달리 잘 풀리지 않았다.

주택 임차도 생각보다 쉽지 않았다. 프랑크푸르트에 부임한 지 3주가 지나가는데 집사람으로부터 경고장만 손에 쥐었을 뿐 가장 중요한 주택 문제를 해결하지 못하고 그렇게 표류하고 있었다.

유럽의 관문으로 불리는 프랑크푸르트는 70여 개의 우리 기업이 활동하고 있는 독일 경제, 금융의 중심지이다. 상당수 기업이 프랑크푸르트 법인을 유럽 전역을 관할하는 유럽 본부 형태로 운영하고 있다. 그렇다 보니 기업 주재원이 많고 이들의 주택을 중개하기 위한 우리 교포 부동산 중개사의 활동도 활발하다. 공관 직원과 주재원들은 대부분 교포 부동산 중개사를 통해 집을 구했다.

나의 경우는 독일어 문제도 없고 독일 사정을 잘 알고 있기 때문에 독일인 중개사를 통해 주택을 물색하는 데 어려움이 없지만, VIP 행사 준비 등으로 정신이 없어 이번에는 그냥 교포 부동산에 적절한 주택을 소개해 달라고 부탁했다. 독일인 중개사를 전혀 접촉하지 않았다.

우리 부부는 꽃과 식물을 좋아하고 정원 가꾸기를 즐겨하기 때문에 정원이 있는 집을 찾고 있었다. 과거 독일 근무 시 모두 정원이 있는 집에서 살았다. 정원이 있는 집을 구하는 것은 나의 바람이요, 동시에 집사람의 부탁이기도 했다.

주재원 등 한국 사람들은 잔디를 깎고 관리하는 것에 부담을 느껴 서울의 아파트와 같은 공동 주택을 선호했다. 개인의 취향 문제이기는 하지만 나로서는 그들의 생각이 조금 안타깝다. 해외에 근무하면서 서울 아파트와 다른 생활을 해 보는 것이 의미 있기 때문이다.

사시사철 피어나고 지는 꽃과 식물 사이에서 그들과 호흡하고 대화하며 마음의 평화를 누릴 수 있다는 것은 대단한 축복이다. 퇴근 후 정원 잔디밭에 앉아 예쁜 꽃들과 대화하며 시원한 독일 맥주를 들이켜고, 따뜻한 봄날 춘정을 이기지 못하고 솟아오르는 꽃과 식물의 향연에 동참하는 것이야말로 행복 그 자체라고 할 수 있기 때문이다.

교포 중개사로부터 약 10개 정도의 매물을 소개받았으나 대부분 정원이 없는 아파트(보통 5층 이하 공동 주택)였다. 정원이 있는 주택이 1개 있었으나 여러 상황을 고려했을 때 적절하지 못해 한숨을 쉬고 있었다. 나에게도 큰 실망이고 어려운 결정이었지만 집사람을 설득하여 정원이 없는 아파트에 입주하기로 결심했다.

소개받은 매물 중에서 가장 맘에 드는 것으로 결정하고 계약서 초본을 받아 검토하고 있었다. 계약서에 특별한 문제가 없어 서명하여 중개사에 보내려는 참이었다.

그때 내 사무실의 전화가 어느 때보다 크게 울렸다. 독일인 부동산 중개사였다. 의뢰하지도 않았는데 어떻게 내가 주택을 구하고 있다는 것을 알고 전화했느냐고 물었다. 한국 총영사관에서 혹시나 주택을 구하고 있는 외교관이 있을까 싶어 공관 리셉션에 전화했는데 나를 소개해 줘 전화하게 되었다고 목소리를 높였다.

나는 계약서에 곧 서명할 예정이며 공관 일이 바빠 더 이상 다른 집을 찾아볼 여유가 없다고 하면서 거절하였으나 그는 막무가내로 공관을 찾아왔다.

Bad Homburg(바트홈부르크)는 Taunus(타우누스) 산자락에 자리 잡고 있는 프랑크푸르트 위성도시로 인구 5만의 격조 있는 고품격 온천 휴양 도시다. 독일인 중개사와 나는 그 도시로 달려갔다.

작가가 살았던 도시 Bad Homburg

내 맘에 드는 예쁜 정원이 있는 집이었다. 주택 내부는 한참 리모델링 공사가 진행되고 있었다. 리모델링이 완료된 화장실과 부엌을 보니 아주 밝고 깨끗한 느낌이 들어 맘에 들었다. 노부인이 거주했던 단독

주택인데, 1년 전 별세하여 그 자식이 임대하기 위해 내부를 리모델링
하고 있다고 했다.

첫눈에 반했다. 1초도 망설이지 않고 계약서 초안을 빨리 보내 달라
고 독일인 중개사에게 간청했다. 당신이 나에게 10분만 늦게 전화했다
면 이 집은 내 집이 될 수 없었을 것이라고 하면서 연거푸 고개 숙여 감
사를 표했다.

Bad Homburg 작가의 집 정원

그다음 날 독일 중개사로부터 계약서 초안을 받았다. 계약서 첫째 장
에 임대인의 이름과 주소가 인쇄되어 있었다. 임대인의 이름을 보고
나는 소스라치게 놀랐다. 내 눈을 의심했다. Walter Kaiser라는 임대
인의 이름이 계약서에 또렷하게 인쇄되어 있었다. 대학교 때 독일어 원
어민 강사였던 바로 그 Walter Kaiser와 같은 이름이었다.

"그럴 리가 없어. 동명이인이겠지. 독일어 원어민 강사 Walter

어쩌다 외교관, 그러다 방랑자

Kaiser라고. 아닐 거야. 어떻게 그럴 수 있겠어. 아니, 아니야, 프랑크 푸르트 근교 도시에서 태어나고 자랐다고 했으니 가능성이 높지는 않지만 Kaiser 강사가 맞을 수도 있어."

그렇게 나는 혼자 중얼거렸다. 떨리는 손으로 계약서에 있는 임대인의 주소와 전화번호를 메모했다. 그의 주소는 프랑크푸르트에서 자동차로 약 3시간 정도 소요되는 Nordrhein-Westfalen(노르트라인-베스트팔렌)주 Essen(에센)이었다.

당장 전화를 하고 싶었으나 그만큼 망설임도 컸다. 원어민 강사 Kaiser가 아니었을 때 느낄 실망감이 두려웠기 때문이었다. 어렸을 때 맛있는 고기반찬이 나오면 바로 먹지 않고 아껴 가며 먹었듯이 스릴을 즐기고 싶기도 했다. 그러나 더 이상 참을 수가 없었다. 심호흡하고 아랫배에 힘을 주고 전화를 걸었다. 상대방이 바로 전화를 받았다.

"Hallo, Walter Kaiser."

바로 그의 목소리였다. 25년의 시간이 지나갔어도, 그만큼 늙어 갔어도 그의 목소리는 그 옛날 대학 시절 Kaiser 강사 그 목소리 그대로였다.

"Was, eine grosse Überraschung(세상에 이런 놀라운 일이 있을 수 있어요). Das ist ziemlich unvorstellbar(도저히 상상할 수 없습니다)."

그의 반응은 뜨거웠다. 나를 만나기 위해 당장 프랑크푸르트로 내려오겠다며 그의 목소리가 아우성치고 있었다.

그날 오후 우리는 Bad Homburg 그의 집에서, 한 달 후에 우리 가족의 집이 될 그곳에서 뜨거운 포옹과 함께 재회하였다. 어떻게 이런 일이 있을 수 있느냐고, 이런 기적 같은 일이 일어날 수 있느냐고, 믿기지 않는다고 감탄사를 연발하면서 우리는 이야기꽃을 피웠다.

Walter Kaiser는 그 후 우리가 거주하는 데 불편함이 없도록 세심한 배려와 지원을 해 주었다.

4년 근무를 마치고 쿠웨이트로 전임 발령을 받았다. 반년 후에 딸이 프랑크푸르트 국제 학교를 졸업할 예정이기 때문에 집사람과 딸을 남겨 두고 나만 혼자 전임할 예정이었다. 정부로부터 임차료가 이중으로 지원되지 않기 때문에 부담을 줄이기 위해 조그만 아파트로 이사해 주고 쿠웨이트로 전임할 생각이었다.

이런 사정을 Walter Kaiser에게 설명하고 공식적으로 임차 계약 해지를 통보하였다. 그런데 그가 월 1,000유로의 임차료를 감액해 주겠다면서 가족이 그대로 거주하다가 반년 후에 떠나면 좋겠다고 했다. 월 1,000유로의 임차료를 감액해 주겠다는 것은 독일에서 상상할 수 없는 일이다. 가족 간에도 그런 호의는 있을 수 없다. 그러나 Kaiser 강사는 기꺼이 우리 가족에게 그런 제안을 하고 실천에 옮겼다.

가족이 다른 조그만 곳으로 이사한다고 하더라도 1,000유로를 줄이는 게 쉽지 않은 데다, 반년을 위해 이사를 한다는 것 자체가 아주 번거로운 일이 아닐 수 없었다. 우리 가족은 인연을 소중하게 여긴 Walter Kaiser의 큰 배려 덕분에 그곳에서 반년 더 행복을 누릴 수 있었다.

가족을 두고 홀로 쿠웨이트로 떠날 때도, 쿠웨이트에서 반년 동안 혼자 살고 있을 때도 나는 가족을 걱정하지 않았다. 독일에 남아 있는

어쩌다 외교관, 그러다 방랑자

우리 가족이 Walter Kaiser와 소중한 인연의 끈을 맺고 있기에.

그 후 나는 인연의 소중함을 항상 가슴에 품고 살았다.

우리 집 정원에 핀 노란 민들레 하나도 인연이요. 우리 집 정원에 놀러 온 이웃집 고양이도 인연이요. 우리 집 정원 나뭇가지에 앉아 노래하는 새들도 인연이라는 것을.

어쩌다 외교관,
그러다 방랑자

03

하이델베르크의 술통

하이델베르크의 술통

검푸른 밤하늘의 별들이 소름 끼치게 영롱한 빛으로 반짝이는 밤 우리 가족은 작은 예배당의 종소리, 개울가의 맑은 물소리, 짙은 전나무 숲 속 새들의 노래와 함께 독일 남부 Schwarzwald(검은 숲, 흑림)의 포근함에 빠져들었다.

독일 남서부에 위치하고 있는 Schwarzwald(검은 숲, 흑림)는 가로 약 60km, 세로 약 200km에 달하는 광대한 전나무 숲과 푸른 초원이 조화롭게 어우러진 구릉 산악 지대이다. 멀리서 보면 울창한 전나무 숲이 검게 보인다고 해서 '검은 숲'으로 불리게 되었다고 한다. 울창한 전나무 숲과 함께 완만한 곡선미를 뽐내는 초원(목초지)이 나그네의 지친 영혼을 달래 주는 데 부족함이 없다. 전나무 숲에 에워싸인 신비스러운 호수, 소들이 평화롭게 풀을 뜯고 있는 부드러운 곡선의 초

어쩌다 외교관, 그러다 방랑자

원, 그 초원 위에 펼쳐진 바닷가 등대와 같은 농가들, 하얀 눈에 뒤덮인 전나무 숲이 만들어 내는 겨울 동화, 그 모든 것이 아름답고 낭만적이다. '검은 숲'은 목가적인 포근한 풍광과 함께 독일에서 가장 순박하고 따뜻한 인심을 갖고 있는 지역으로 사랑받고 있다. 음식 문화가 발달하여 '독일의 전라도'라고 할 수 있다. 우리나라에 한때 유행했던 '뻐꾸기시계'의 본고장이기도 하다.

Schwarzwald(검은 숲)

짙은 전나무 숲과 아름다운 곡선미를 자랑하는 푸른 초원이 교차하는 흑림의 대표 도시는 Freiburg(프라이부르크)다. 흑림의 수정같이 맑고 차가운 계곡물이 무릎 높이의 냇물을 이루어 도심을 가로질러 평화롭게 흐른다. 그러나 그 잔잔한 냇물은 그냥 흘러가기 아쉬웠는지 약 20km의 작은 수로를 만들며 프라이부르크 구시가지 골목을 구석구석 누빈다. 더위에 지친 시민들은 그 수로에 발을 담근다. 어린아이들은 물장구를 치고 종이배를 띄운다. 프라이부르크는 그런 도시다. 라인강 건너편 프랑스 알자스 지방이 바로 손에 잡힐 것 같고, 스위스 국경 도시 Basel(바젤)도 한 발 건너뛰면 다다를 수 있다. 그렇기에 프라이부르크는 '3국이 교차하는 아름다운 지역'으로 불린다. 웅장하고 아름다운 대성당과 중세 성문으로 몸단장한 프라이부르크 구시가지는 뿜어져 나오는 낭만의 기운을 억제하지 못하고 있다.

프라이부르크의 또 다른 자랑은 600년 역사를 자랑하는 대학교다.

"이런 멋진 낭만의 도시에 있는 600년 역사를 자랑하는 대학교에서 공부할 수 있다면 얼마나 좋을까. 아, 프라이부르크…"

지성이면 감천이라던가. 나의 소망이 하늘에 닿았을까? 함부르크 첫 해외 근무를 마치고 본부에 근무할 때 나는 '독일 유학'을 명받았다. 나의 간절한 꿈이 실현되는 순간이었다. 독일 전문가로 성장할 수 있는 길이 열리는 순간이었다. 어느 대학에 지원할지 단 1초도 고민하지 않았다. 나의 대학은 이미 프라이부르크였다. 나는 그렇게 꿈을 안고 프라이부르크를 향해 서울 하늘을 날아올랐다.

나는 프라이부르크 대학교에서 '진짜 대학생'이면서 동시에 '가짜 대학생'이었다. 우리나라에서 독문과를 졸업했고 주함부르크 총 영사관에서 부영사로 3.5년을 근무했던 경력에다 '독일 대학 입학을 위한 독일어 어학 시험' 자격증으로 경제학과에 지원하여 당당하게 Zulassung(입학 허가)를 받았기 때문에 나는 '진짜 대학생'이었다. 아침부터 저녁까지 강의실과 도서관을 누비며 학업에 전념했기 때문에 그런 면에서도 나는 '진짜 대학생'이었다고 자신 있게 말할 수 있다.

그러나 나는 외교부 공무원 신분으로 외교부로부터 체류비를 지원 받고 있는 배부른 대학생이었기 때문에 '가짜 대학생'이었다. 독일 사람들은 배부른 대학생을 '가짜 대학생'으로 부른다. 배고프고 가난한 거지와 다름없는 독일 대학생과 달리, 나는 가끔 프라이부르크 시내 카페에서 에스프레소와 카푸치노를 즐기고 더운 날에는 Lange Rote(프라이부르크 특산 소시지)에 시원한 맥주 한잔을 걸치는 '가짜 대학생'이었다.

독일 대학은 우리나라 대학과 달리 시민에게 개방된다. 독일 대학의 수업은 크게 Vorlesung과 Seminar로 구분된다. Vorlesung은 다수의 학생을 대상으로 일방적으로 강의하는 형식이다. Vorlesung은 보통 계단식 대형 강의실에서 이루어지는데 앞의 몇 줄은 대학생이 아닌 일반 시민들에게 점령되는 경우가 다반사이다. 그렇기 때문에 정작 '진짜 대학생'은 학구열 높은 교양 있는 시민들에게 자리를 빼앗겨 버려 강의실 계단에 쪼그려 앉아 강의를 듣기도 한다.

대학교에서 독일어를 전공했고 함부르크에서 3.5년을 신참 외교관으로 근무하면서 나름 독일어를 열심히 공부했지만, 절반만 알아듣고 나머지 절반은 무슨 말인지 알아듣지 못했다. 반쪽에 불과한 나의 귀가 팔랑거렸다. 그런 불쌍한 귀를 돕기 위해 나의 눈도 반짝였다. 대강 눈치로 알아듣는다. 모든 것을 다 알아듣고 이해하는 것처럼 그럴듯하게 행동했다.

문제는 소규모로 진행되는 Seminar 강의다. 여기는 '진짜 대학생'들 만의 잔치다. 주고받는 문답식 수업이다. 발표도 해야 하기 때문에 나에게는 지옥이 따로 없었다. 그러나 다른 방법이 없다. 이미 엎질러진 물이었다. 젖 먹던 힘까지 동원하여 애를 쓰다 보면 기대 이상으로 잘 될 때도 있었다. 독일 학생들 사이에서 이 정도로 할 수 있다니 어깨가 으쓱해질 때도 있었다. 그러나 Seminar는 스텝이 꼬일 때가 더 많았다. 어디 가서 프라이부르크대학 경제학과에 다닌다고 말도 꺼낼 수 없을 정도로, 쥐구멍을 찾아야 할 만큼 얼굴이 화끈거리는 경우도 자주 있었다.

독일에서 나의 '진짜 대학생' 생활은 힘들었다. 그러나 '가짜 대학생'으로 사는 것은 누워서 떡 먹기였다. 나 자신을 위해 독일 대학생보다 돈을 약간 더 쓰고, 가난하고 불쌍한 독일 대학생들에게 가끔 커피나 맥주를 한 잔 사 주면 나의 '가짜 대학생'은 더욱 빛을 발산했다. 이렇게 나의 '진짜 대학생'과 '가짜 대학생'의 두 모습이 조화를 이루며 앞을 향해 달려가고 있었다.

그러던 어느 날 나는 주프랑크푸르트 총영사관으로부터 전화를 받았다. 무소식이 희소식이라는데, 총영사관에서 갑자기 전화가 오니 왠지 예감이 좋지 않았다.

아니나 다를까 조만간 고위 인사가 귀로에 잠시 시간을 내어 하이델베르크를 방문할 예정이라며 통역과 안내를 맡아 달라고 했다. 총영사관에 독일어를 하는 직원이 없어 부탁할 수밖에 없는 상황이라고 배경을 설명하면서 준비를 철저히 해 달라고 했다.

함부르크에서 첫 근무를 할 때 나름대로 독일의 이곳저곳을 여행했다. 하이델베르크도 당연히 갈 수 있었지만, 나는 '까마귀 노니는데 백로 가지 않는다'는 그런 마음으로 일부러 그곳에 가지 않았다. 독일 전문가를 꿈꾸는 사람은 일반 관광객과 뭔가 달라도 달라야 한다며 괜한 허세를 부렸다. 한국 관광객이 찾지 않는 숨어 있는 보석을 찾아야 한다는, 차별화를 강조한 나의 의미 없는 고집이 한국 관광객의 성지인 하이델베르크에 발을 디디지 못하게 했다.

하이델베르크에 대한 나의 벼락치기 공부가 시작되었다. 눈에 보이지 않는 '필승' 머리띠를 이마에 묶고 기필코 승리하리라 전의를 불태웠다.

"하이델베르크 고성은 네카강 사암으로 건축되었으며 그리스-로마 양식, 로마네스크 양식, 신고딕 양식의 성은 30년 전쟁과 팔츠 왕위 계승 전쟁과 낙뢰로 파괴되었고, 독일 최초 약제 박물관이 그 안에 있다. 지하에는 작은 술통과 큰 술통이 있다. 세계에서 가장 큰 술통에는 약 22만 리터의 포도주가 들어간다. 학생 감옥이 어떻고. 하이델베르크 대학이 어떻고, 황태자의 첫사랑, 네카강의 돌다리, 철학자의 길이 어쩌고저쩌고…"

나의 하이델베르크 벼락치기 공부가 성공하느냐 실패하느냐는 나에게 달려 있지 않다. 전적으로 나의 설명을 듣는 상대방에게 달려 있다. 상대방이 급조된 나의 엉터리 설명에 고개를 끄덕이고 추가 질문을 하지 않는다면 나의 벼락치기 공부는 대성공을 거둘 것이다. 그러나 호기심에 가득 찬 얼굴로 시시콜콜한 파생 질문을 쏟아 낸다면 나의 주입식 단답형 정보는 금세 바닥을 드러내고 말 것이다. 자애로운 신이여, 이 불쌍한 영혼을 살펴 주소서!

마침내 D-Day다. 이른 아침 ICE 고속 전철을 타고 2시간을 달려 프랑크푸르트에 도착했다. 대표단과 인사를 나누고 우리는 하이델베르크를 향해 달렸다. 고위 인사와 대표단이 고개만 끄덕여 줄 것을 바라고 또 바라면서, 떨리는 마음을 애써 진정시키면서, 나는 대표단과 함께 아우토반을 달렸다.

폐허가 된 하이델베르크 고성은 '황성 옛터'를 떠오르게 했다. 붉은 사암으로 축조된 폐허가 된 고성은 Deutsche Romantik(독일 낭만주의)를 대표하는 건축물로 평가되고 있다. 하이델베르크 고성은 화창한 날에 보면 느낌이 별로 없다. 비 내리는 날, 잔뜩 흐린 날, 눈 내리는 날, 땅거미가 짙어갈 때 붉은 사암의 폐허가 된 고성은 시리고 우울한 낭만을 쏟아 낸다. 하이델베르크 고성에서 하이델베르크 구시가지와 네카강의 테오도르 돌다리를 내려다보았다. 모두가 탄성을 질렀다.

아침에 고위 인사를 처음 만났을 때만 해도 왠지 어렵고 경직되어 있었다. 하지만 통역도 그런대로 잘했고 파생 질문이 많지 않아 여유가 생겼다. 안내하면서 이런저런 대화도 나누어 긴장감도 줄어들었다.

우리 일행은 하이델베르크 성 지하로 내려갔다. 비스듬하게 걸어 내려가니 우리 앞에 엄청나게 큰 포도주 술통이 모습을 드러냈다.

"와, 술통 진짜 크다. 무슨 이런 큰 술통이 있지. 진짜 크네."

고위 인사와 대표단이 눈앞에 나타난 술통의 크기에 압도되어 입을 다물지 못했다. 이제 나의 마지막 실력을 발휘할 때가 되었다. 고위 인사와 대표단의 탄성에 탄력을 받은 나는 머릿속에 있는 모든 것을 속사포처럼 쏟아 내기 시작했다.

"여기 있는 이 술통은 세계에서 가장 큰 술통으로 1705년 테오도르 선제후 때 만들어졌으며 약 22만 리터의 포도주를 저장할 수 있습니다. 테오도르 선제후가 술을 좋아해서…"

그때 대표단 중의 한 사람이 소리쳤다.

"저 밑에 진짜로 큰 술통이 있습니다. 이 술통은 아무것도 아닙니다. 저 밑에 진짜로 어마어마한 크기의 술통이 있습니다."

마른하늘에 날벼락이 쳤다. 날벼락이 하이델베르크 고성 지하를 때렸다. 그 벼락은 메아리치며 고성 지하를 훑고 지나갔다.

"저 밑에 진짜로 큰 술통이 있습니다."

그 천둥 벼락이 잔음이 되어 내 귀를 스치고 지나갔다.

프랑크푸르트 공항에서 고위 인사와 대표단을 환송했다. 고위 인사로부터 통역하고 안내하느라 수고했다는 격려를 받았다. "작은 술통도 큰 술통이었다"라는 우스갯소리와 함께 수행원들과 작별 인사를 나누었다.

고위 인사가 떠난 후 총영사님께 인사드리고 프라이부르크로 곧바로 내려가려고 했다. 그러나 총영사님이 수고했다며 공항에서 커피 한잔하며 오늘 일에 관해 이야기를 좀 나누자고 했다.

"오늘 통역하고 안내하느라 고생 많았어요. 그런데 하이델베르크 성에서의 실수가 좀 아쉽네요."

"총영사님, 죄송합니다. 면목이 없습니다. 대표단이 작은 술통을 보고 입을 다물지 못하고 탄성을 지르기에 그만 그 밑에 큰 술통이 있다는 것을 깜빡하고 큰 술통이라고 설명하는 실수를 저지르고 말았습니다. 정말 죄송합니다."

"술통이 여러 개 있는 것도 아니고 작은 술통, 큰 술통 2개 있는데. 오늘 대표단이 보통 대표단도 아니고 아주 높은 고위급 인사인데 이런 실수를 해서…."

"총영사님, 정말 죄송합니다. 정말 본의 아니게, 나름 잘한다고 했는데 그만…."

"현장을 사전 답사했다면 좋았을 텐데. 우리 외교부 직원이라면 의전의 중요성은 알고도 남지 않습니까. 사소한 것 하나까지도 프로 정신을 가지고 챙겼어야 했는데, 신경을 좀 더 썼으면 좋았을 텐데…."

"총영사님, 정말 죄송합니다. 입이 열 개라도 할 말이 없습니다. 총영사님의 말씀을 잘 새겨 두 번 다시 이런 황당한 실수를 저지르지 않겠습니다. 우리 외교부 조직에 누가 되지 않도록 노력하겠습니다."

그렇게 공항에서 쫓기듯 도망쳐 나와 프랑크푸르트 중앙역에 도착했다. 벌써 어두워진 저녁이었다. 통역하고 안내하느라 점심도 제대로 먹지 못해 배가 무척 고팠다. 중앙역에서 빵과 소시지로 허기를 달랬다. 몸에 열이 나는 것 같아 시원한 맥주 한 잔으로 가슴을 시원하게 가라앉히고 프라이부르크행 ICE 고속 열차에 몸을 실었다.

피곤하지만 잠이 오지 않았다. 생각하지 않으려고 해도 자꾸만 오늘 일이 생각났다.

"공관 직원이 해야 할 일을 공부하고 있는 직원에게 떠넘기고도 모자라 이런 사소한 실수를 두고 아쉬워하다니. 작은 술통도 다른 보통 술통과 비교하면 10배 이상 큰 술통이고, 큰 술통도 더 큰 술통과 비교하면 작은 술통이 될 수 있는데. 내가 먼저 큰 술통이라고 한 것도 아니고 대표단이 큰 술통이라고 탄성을 지르는 바람에 얼떨결에 그렇게 된 건데. 검은 고양이든 흰 고양이든 쥐만 잘 잡으면 되듯이 작은 술통이든 큰 술통이든 그 안에 들어 있는 포도주 맛만 좋으면 그만이지. 무슨 확인 행정이 어떻고 의전이 어떻고…"

나를 태운 ICE 고속 열차는 밤공기를 가르며 프라이부르크를 향해 달려가고 있었다. 내 가족이 기다리고 있는 프라이부르크로. '진짜 대학생'과 '가짜 대학생'을 기다리고 있는 나의 대학, 프라이부르크대학으로.

어쩌다 외교관,
그러다 방랑자

04

편지

편지

- 카밀레(Kamille)의 편지 -

Lieber Herr Kim, 당신이 우리 곁을 떠난 지도 벌써 3년이 지났네요. 무심한 시간은 그렇게 흘러갔네요. 잡을 수가 없네요. 당신은 지금 어디에 있나요. 붉은 태양이 코코넛 야자수에 아름다운 석양 노을을 드리우며 아라비아해 저편으로 사라져 가는 그곳에서 아직도 꿈을 꾸고 있나요. Bougenvillea(부겐빌레아)의 화려한 자태에 눈이 멀었나요. 우리를 잊으셨나요.

당신은 무정하게 우리 곁을 떠나갔지만 우리는 당신을 보내지 않았어요. 긴 세월 동안 당신과 우리 사이에 겹겹이 쌓이고 쌓인 정이 무심한 바람결처럼 그렇게 허무하게 사라질 수 있나요. 그렇지 않아요. 우리는 어제

처럼 내일도 당신을 기다리고 있을 거예요. 돌아오세요. 당신의 사랑이 식지 않았다는 것을 보여 주세요. 당신의 따뜻한 손으로, 당신의 부드러운 눈길로 나를 잡아주세요.

당신의 한없는 사랑은 우리에게 전설로 남아 있어요. Basedow(독일 북부의 작은 도시)에 살고 있는 친구에게서 들었어요. 어느 날 Basedow를 방문했던 당신은 양복을 입고 매끈한 구두를 신고 있었다고 해요. 그러나 지나가던 길에 당신은 우리의 가녀린 순백의 아름다움에 눈이 멀어 입고 있던 양복이 이슬에 젖고 반짝이던 구두에 흙이 묻는 것도 모르고 우리에게 달려왔다고 해요. 우리를 덥석 껴안고 함부르크로 달려가면서 당신은 쉬지 않고 <카밀레의 노래>를 불렀다고 해요. 우리에 대한 당신의 눈먼 사랑은 끝이 없어요. 북부 독일에 살고 있는 모든 친구로부터 당신의 '카밀레 사랑'을 듣고 있어요. 당신은 우리에게 전설이 되었어요.

당신이 떠난 후에도 우리는 따뜻한 햇살의 도움을 받아 아름답게 피어났어요. 더운 여름날 눈부시게 흰 하얀 눈을 독일 들판에 뿌렸어요. 우리의 가련하고 순백한 자태는 독일 사람들의 눈과 심장을 뒤흔들었어요. 당신처럼 그들의 사랑도 끝이 없었어요. 따뜻한 손길로 우리를 어루만지고, 바람에 떨고 있는 우리의 외로움을 차마 두고 갈 수 없어 우리를 껴안고 갔어요.

어느새 여름이 지나가고 있어요. 가을바람 솔솔 불면 나의 고귀한 모습은 쓰러져 갈 거예요. 차가운 겨울바람이 불어오겠지요. 여름 햇살과 간지러운 미풍에 춤을 추던 나의 고혹적인 자태는 형체도 없이 사라지겠지요. 그러나 우리는 죽지 않아요. 시리게 추운 겨울에도 우리의 영혼은 평화로운 꿈을 꾸며 따뜻한 봄바람을 기다립니다. 그리고 더 화려하고 눈부시고 가녀리게 피어날 겁니다.

　우리는 당신을 보내지 않았습니다. '그리움의 노래'와 함께 당신을 기다리고 있습니다.

- 카밀레에게 보내는 편지 -

　Liebe Kamille, 그렇네요. 벌써 3년이 되었네요. 시간이 빨리 흘러가네요. 시간의 흐름 속에 당신에 대한 그리움은 더해만 갑니다. 카라치에 있을 때도, 서울에서 살고 있는 지금도 당신과 함께했던 기나긴 아름다운 추억이 어제 일 같습니다.

　30년이 더 되는 아득한 옛날 함부르크 슈퍼마켓에서 당신과의 첫 만남이 생생하게 기억나네요. 하얀 꽃잎과 연녹색의 꽃술이 유난히도 눈부셨던 당신의 몸과 영혼이 담겨 있는 '카밀레 차'를 손에 들었던 바로 그날이 어제 같네요. 그날 이후 당신은 우리 곁을 소리 없이 지켜 준, 한시도 우리 곁을 떠나지 않았던 소중한 님이었습니다.

　Altes Land(함부르크 근교 과수 단지)의 강변 둑에서 강아지풀과 함께 노래하고 춤추던 당신을 집에 데려와 깨끗하게 목욕시키고 잠재웠습니다. 비록 당신의 생명은 꺼져 버렸지만, 우리 가족의 손놀림에 멋진 dry flower로 탄생하여 우리와 항상 함께했습니다. 당신의 마른 몸은 향기를 더해갔습니다.

당신은 우리 집에서만 귀한 손님이 아니었습니다. 레스토랑, 카페, 어딜 가든 당신은 귀한 존재였으며 사랑받았습니다.

아이가 열이 나고 배가 아파 소아과 병원에 가면 독일 의사 선생님은 약 줄 생각은 하지 않고 "따뜻한 카밀레 차를 마시게 하세요"라고 말했습니다. 약을 처방해 주지 않은 의사 선생님이 야속했지만, 그건 정말 옳은 처방이었어요. 당신의 물을 마신 아기는 금세 좋아졌어요. 편하게 잠을 잤어요. 저도 속이 더부룩할 때, 신경이 예민할 때 당신이 주는 물을 마시면 언제 그랬냐 싶을 정도로 심신이 편해지고 좋았어요. 당신의 체혈인 Kamillenextrakt(카밀레 농축액)는 생채기에 특효약이었어요. 놀이터에서 친구들과 놀다가 무릎에, 팔꿈치에 상처가 나서 피가 나는 어린이에게 당신의 농축액은 신의 선물이었어요. 바르면 바로 딱지가 생기고 아물었지요. 그래서 독일 가정의 필수 의약품이 된 것 아니겠어요.

그것뿐만이 아니에요. 당신은 정말 팔방미인에요. 못 하는 게 없어요. 당신의 몸은 로션, 핸드크림 등 skin care로도 유명세를 타고 있어요. 특히 핸드크림은 정말 유명하답니다. 당신의 핸드크림이 우리나라에도 수입되어 쉽게 찾아볼 수 있게 되었답니다.

Kamille 당신은 독일이 원산지인 독일이 자랑하는 허브가 아닌가요. 중세 독일 의학을 집대성하여 '독일 의학의 어머니'로 평가받고 있는 Hildegrad von Bingen은 당신의 약효 성분을 높게 평가하여 '허브 중의 허브'라고 하지 않았습니까. 우리나라에도 Hildegrad von Bingen과 같은 반열에 있는 동의보감을 집필한 허준이라는 조선 시대의 유명한 의원이 있습니다. 당신이 그 옛날 한국에 뿌리내리고 살았다면 허준도 당신을 '사람을 살리는 약초'로 제일 먼저 소개했을 겁니다.

Kamille 님, 당신은 독일의 들판을 하얀 눈으로 덮으면서 왜 우리나라에는 씨 한 톨 떨어뜨리지 않았나요. 바람결에 날려 보내는 것이 그리 힘들고 어려웠나요. 당신을 그리워하다가도 무정한 당신의 심정을 생각하면 야속한 마음 끝이 없답니다. 무슨 마음의 상처가 그다지도 깊어 이 땅에 당신 혈육 한 점 남기지 않으셨나요.

그러나 이 땅에도 서서히 당신의 존재감이 드러나고 있답니다. 어렵지만 화원에 가면 가끔 당신의 살아 있는 아기 모종을 발견할 수 있고, 꽃가게에 가면 당신 4촌 정도 되는 '관상용 카밀레'도 찾을 수 있게 되었습니다. 그러나 진정한 당신은 아니랍니다.

우리나라 카페에서도 이젠 'Camomile(카모마일)'이라는 이름으로 당신을 찾을 수가 있어요. 어떤 카페는 당신이 독일 태생이라고 친절하게 '원산지: 독일'로 소개하고 있기도 해요. 그러나 대부분 카페에서는 독일에서 온 소중한 당신을 모르고 있답니다. 정말 드물게 어쩌다 당신의 물을 마시고 싶어 하는 사람도 당신이 독일 하늘 아래 푸른 들판에서 행복한 춤을 추었다는 것을 꿈에도 생각하지 않고 있는 것 같아요. 나는 당신을 영어로 '카모마일'이라고 부르고 싶지 않아요. 당신은 독일에서 태어나고 자란 허브예요, 독일 사람들의 사랑과 자부심이에요. 누가 당신에게서 '카밀레'라는 사랑스러운 독일어 이름을 빼앗아 갈 수 있겠어요.

제가 카페 주인이라면 깨끗한 하얀 플라스틱 쟁반에 당신의 아름다운 자태를 그린 그림을 인쇄하여 붙이겠습니다. 그리고 그 밑에 Kamillengeist(카밀레 마음) 또는 Kamillenseele(카밀레 영혼)라고 써넣겠습니다. 당신의 아름다운 자태와 이름이 새겨진 하얀 쟁반에 컵 받침을 놓고 향기로운 커피를 올려놓겠습니다. 그 옆에는 앙증맞은 작은 은색 티

스푼을 놓고 당신을 생각하며 그리워하겠습니다.

우리 집에서 가까운 곳에 허브 공원이 있어요. 당신을 볼 수 있을 것 같아 달려갔어요. 허브 공원 입구에서 저 멀리 하얗게 소담스럽게 피어 있는 당신의 모습을 발견하고 달려갔어요. 그러나 당신의 모습과 조금 다른, 당신의 4촌인 '관상용 카밀레'가 나를 반겼어요. 조금 실망스러웠지만 그래도 서울 하늘 아래서 그리운 당신의 먼 친척을 만날 수 있어 행복했어요.

우리 동네 강동구와 경계를 이루고 있는 하남시의 한강 변 공원에 가면 엄청 큰 규모의 갈대숲이 나를 반겨요. 갈대숲을 걷다 보면 독일의 갈대숲을 거닐고 있는 것 같아 행복해요. 그 갈대숲 너머 당신을 꼭 빼닮은 하얀 꽃들이 무리 지어 바람에 흔들거리고 있었어요. 반가워 달려갔지만, 당신이 아니었어요. 잎새가 당신보다 훨씬 가는 이름 모를 야생화였어요. 나는 이렇게 서울 하늘 아래서 당신을 그리워하고 당신을 잊지 못하고 있답니다. 그런데 당신은 왜 바람을 타고 이곳으로 날아오지 않나요.

- 독일의 자랑, 독일의 허브 Kamille를 생각하며

어쩌다 외교관,
그러다 방랑자

05

아~ 독일어

아~ 독일어

"영사님, 한 잔 더 드세요. 이거 술도 아니에요. 알코올 15% 우리나라 소주가 술인가요. 그냥 물이에요, 물. 알코올 40%가 넘어가는 위스키나 보드카를 마셔야지 술 좀 마신다고 하지 않겠습니까."

"그렇기는 한데 제가 워낙 술이 약해서요."

"인연이 되어 영사님과 우리 주재원들이 프랑크푸르트 하늘 아래서 같이 기뻐하고 때로는 고뇌하고 있지 않습니까. 다들 바쁘겠지만 시간을 내어 친목을 다져 나가면 좋겠습니다. 영사님이 독일어도 잘하시고, 우리와는 비교도 안 되게 독일을 잘 알고 있으니 한 수 가르쳐 주기도 하면서요.

하여튼 오늘 Taunus(프랑크푸르트 근교에 있는 국립 공원) 등산 참 좋았습니다. 전나무 숲이 기가 막히던데요. 독일 전나무 숲은 보면 볼

어쩌다 외교관, 그러다 방랑자

수록 정말 대단한 것 같아요. 오늘 10년은 더 젊어진 것 같습니다."

"제가 뭐 아는 것이 있어야지요. 그래도 가족에게 점수 딸 수 있는 주말 나들이 정보는 제가 책임지고 기꺼이 알려드리겠습니다."

한인 식당에서 맥주잔, 포도주 잔, 소주잔을 주거니 받거니 하는 사이에 프랑크푸르트 근교 Bad Soden에는 어느새 땅거미가 지고 있었다. 얼굴에 윤기가 자르르 흐르고 몸놀림이 가벼웠던 나의 청춘 시절 봄의 어느 날이었다.

몸이 허락하는 수준을 훨씬 넘어 버린 혼합된 술이 내 혀를 약간 꼬고 있다는 것이 느껴졌지만, 앉아 있으니 그런대로 견딜 만했다. 그러나 자리에서 일어나는 순간 어지러움에 다리가 꼬였다. 심상치 않다는 생각이 엄습해 왔다.

택시를 불러 집으로 향했다. 속이 뒤집히고 머리가 빙빙 돌았으나 긴장감 하나로 버텼다. 집에 도착한 순간 긴장이 풀리면서 나의 몸은 허공 속을 헤집었다. 손이 발이 되어 네발로 기어들어 와 쭉 뻗고 말았다. 내 눈 위의 모든 것이 회오리바람이었다. 벽이 앞으로 왔다 뒤로 갔다, 천장이 내려갔다 올라갔다, 이리 찌그러지고 저리 찌그러지고 야단법석이었다. 이렇게 죽는가 싶었다.

"여보, 나 죽겠네, 의사, 의사를……."

결국 집사람이 200m 거리에 있는 우리 가족이 다니던 가정의에게 달려 갔다. 집사람의 당황하는 모습에 Dr.Sommer가 놀라운 눈을 하고 물었다.

"Was ist los?(무슨 일입니까?)"

"Mein Mann ist tot(내 남편이 죽었어요)!"

그녀의 외마디 외침이 밤하늘에 울려 퍼졌다.

"여보, 어떻게 10분도 되지 않는 그 짧은 시간에 의사와 함께 올 수 있었는가? 그것도 진료를 끝내고 2층 자기 집에서 가족과 저녁 식사를 하던 의사를. 정말 대단하네. 독일 사람도 절대 그렇게는 할 수 없었을 걸세. 무슨 재주로 그렇게 할 수 있겠는가. 당신 독일어 실력은 전 세계에서 No.1이네. 어떻게 이것이 가능해. 누가 당신 독일어 실력을 따라올 수 있겠어. 전설이네! 전설."

"당신이 술에 취해 쓰러져 정신이 가물가물하는 상황인데 독일어 짧은 내가 어떻게 미주알고주알 설명할 수 있겠어. 침착한 상황이라고 해도 짧은 독일어로 당신 상태를 설명하기 어려울 텐데, 그런 급한 상황에서 무슨 말이 생각나겠어. '내 남편이 죽어가고 있다'라고 말하고 싶은데 부족한 독일어 실력으로 정확하게 표현할 수 없어서 Mein Mann ist tot(내 남편이 죽었다고) 해 버렸지."

만약 집사람이 침착하고 독일어를 잘해서 "남편이 술을 많이 마시는 바람에 머리가 어질어질해서 토를 하고 거의 쓰러져서 어쩌고저쩌고…" 이렇게 설명했다면 의사는 아마 우리 집에 오지 않았을 것이다. 설령 왔다고 하더라도 천천히 식사를 끝내고 아무리 빨라도 30분을 훨씬 넘겨서 도착했으리라.

그러나 집사람의 짧은 독일어 외마디가 전세를 완전히 역전시켰다. 짧은 독일어 실력이 그 누구도 깰 수 없는 '최단기 의사 출동 기록'을 세운 것이다. 그렇게 집사람의 짧은 독일어는 나를 살린 독일어가 되었다.

나의 술 사건이 일어나고 한 달쯤 뒤, 우리 공관과 Rhein-Main 경제 개발 공사가 우리 기업인과 독일 기업인을 초청하여 상호 친교를 도모하는 행사를 개최하였다. 나는 Rhein-Main 경제 개발 공사 직원과 협력하여 이 행사를 처음부터 끝까지 준비했고, 행사 당일 진행은 물론 통역까지 전담하기로 했다.

우리 기업인과 가족 약 200명, 독일 기업인과 가족 약 100명이 참여하는 상당한 규모의 행사였다. 그래서 유람선을 임차하여 유네스코 세계 문화유산으로 지정된 라인강 중류 지역을 유람하며 라인강의 진주라고 불리는 아름다운 낭만 도시 Bacharach(바하라하)를 둘러보고, 폐허가 된 고성 Rheinfels의 지하 동굴에서 오찬을 가지는 등 다채로운 프로그램을 준비했다.

유람선이 Bingen(빙엔) 도시를 지나갈 때 Bingen시 시장이 갑판에 나와 도시를 소개하는 것도 하루 행사에 포함되어 있었다. 40대 중반의 매력적인 여시장과 사전에 인사를 나누고, 시장이 몇 문장을 묶어 설명하면 내가 바로 순차 통역하기로 했다.

유람선이 300여 명의 설레는 마음을 싣고 Rudesheim(뤼데스하임)을 출발하여 라인강의 물살을 갈랐다. 라인강은 언제 보아도 멋지다. 라인강 언덕의 중세 고성, 경사면의 포도밭, 동화 같은 작은 낭만 도시에 모두가 탄성을 질렀다. 더없이 행복하고 행복한 모습이었다.

유람선은 어느새 Bingen 도시 앞을 지나고 있었다. Bingen 도시의 중앙 언덕에 자리 잡은 고성의 모습이 거만함을 뽐내고 있었다.

드디어 매력적인 여시장의 시간이 찾아왔다. 나는 마이크를 한 손에 들고 그녀 옆에 섰다. 300여 명의 눈이 일제히 시장과 나를 쳐다보았다. 노려보았다. 총성 없는 전쟁이 시작된 것이다. 300여 명의 눈 화살은 나를 압도하고도 남았다. 게다가 Bingen 시장은 당초 약속을 헌신짝처럼 저버리고 A4용지 서너 장은 족히 될 것 같은 내용을 숨도 쉬지 않고 단숨에 설명하였다. 정말 눈 깜짝할 사이에 벌어진 일이었다. 그녀의 말은 폭포수였고 따발총이었다. 그녀의 기습 펀치와 300여 명의 날카로운 눈 화살에 나는 완전 녹다운이 되고 말았다.

"어, 저, 거시기……."

나는 그녀가 한 말을 절반의 절반도 옮기지 못하고 침몰하고 말았다. 자기 도시를 소개하는 시장의 말을 통역하는 것은 '식은 죽 먹기' 아니겠냐며, 혹시 100% 다 알아듣지 못한다고 하더라도 순발력으로 적당히 가볍게 후려칠 수 있으리라고 쉽게 생각했던 나의 자만심에 대한 벌이었다.

그날 저녁 나는 끙끙 앓아눕고 말았다.

"우리 김 영사는 문제가 있는 사람이야. 한국 사람이 한국어보다 독일어를 더 잘하니 이게 보통 문제가 아니지. 이 사람이 한국 사람이야, 독일 사람이야?"

총영사님은 통역을 전담했던 나를 평소에 이렇게 칭찬하며 기를 살려 주었다. 하지만 오늘은 그 칭찬이 비수가 되어 나를 찔렀다.

독일 기업인은 그렇다 치더라도 대부분 얼굴을 알고 있는 우리 기업인을 무슨 낯으로 봐야 할지 그저 앞이 캄캄할 뿐이었다. 내일 무슨 낯으로 사무실에 얼굴을 내밀어야 좋을지 악몽이었다. 지독한 악몽이었다.

한 달 전 집사람의 짧은 독일어는 나를 살린 독일어였는데, 그날 나의 독일어는 반대로 나를 죽인 독일어였다.

고뇌의 밤이었다. 부끄러운 밤이었다. 그래서 잠 못 이루는 밤이었다. 아~ 나의 운명. 아~ 나의 독일어. 이를 어찌할까.

어쩌다 외교관,
그러다 방랑자

06

함부르크의
"자랑스럽고 멋진
우리 해군"

함부르크의 "자랑스럽고 멋진 우리 해군"

"함부르크 한인회장님. Glück Auf 회장님, 간호협회장님, 동호회 회
장님, 여성회 회장님. 다들 바쁘실 텐데 회의에 참석해 주셔서 감사합
니다."

"무슨 소리예요. 당연히 참석해야지요. 부총영사님이 열정적으로 추
진하고 있는 매우 중요한 일인데 함부르크 교포 사회가 기꺼이 협조하
고 지원해야지요."

"감사할 따름입니다. 전화로 간단하게 말씀드린 바와 같이 약 한 달
후에 우리 해군 순양훈련전단이 3박 4일 일정으로 함부르크항에 기항
할 예정입니다. 순양훈련전단은 대형 최신예 구축함 2척과 군수지원함
1척, 해군 사관생도 포함 약 600명의 승조원으로 구성된다고 합니다."

"대형 최신예 구축함에 승조원이 600여 명이면 어마어마하네요. 우

어쩌다 외교관, 그러다 방랑자

리 함부르크 교포 사회 역사상 가장 큰 손님이 되겠어요. 그 큰 군함이 태극기를 휘날리며 함부르크항에 접근하면 정말 대단하겠습니다. 엄청 기대됩니다. 3박 4일 체류하는 동안 어떤 행사가 계획되어 있는지 궁금하네요. 우리 교포 사회가 뭘 어떻게 해야 할지 알려주시면 모든 노력을 아끼지 않겠습니다. 베를린이나 프랑크푸르트 등 다른 교포 사회에서는 생각도 못 할 일 아닙니까. 하고 싶어도 할 수 없는 것 아니겠습니까. 함부르크가 독일 제1의 항구 도시니까 우리 해군 함정을 환영할 수 있는 것 아니겠습니까. 함부르크 교포 사회만이 누릴 수 있는 영광이고 기쁨이고 자부심입니다."

"그렇지요. 다른 도시는 꿈도 꿀 수 없지요. 하여튼 이번 행사의 성공 여부는 우리 교민들 손에 달려 있다고 생각합니다. 입항 환영 행사, 출항 환송 행사, 함상 리셉션, 문화 공연, 해군 장교와 생도 대표를 위한 함부르크 안내 서비스, 환영 오·만찬 등이 주요 내용이 될 것 같습니다. 입출항 행사에 교민들이 최대한 많이 참여하는 것이 무엇보다도 중요합니다. 해군 예술 공연단이 펼치는 문화 공연에 우리 교민은 물론 독일 사람들이 많이 참석하여 공연장을 빈자리 하나 없이 채워야 합니다. 그리고 우리 교민 사회에서 장교와 생도 대표를 초청하여 오찬이나 만찬을 한 번 주최해 주시면 정말 감사하겠습니다."

"부총영사님 걱정하지 마십시오. 환영, 환송식 행사는 말할 것도 없고 공연 행사에 사람이 넘쳐나도록 하겠습니다. 오찬 장소는 함부르크 주 청사에 있는 Ratskeller를 우선적으로 생각해 보겠습니다. 환영 현수막도 제작해야 하는데 현수막은 '환영, 해군 순항훈련전단 함부르크 방문' 이렇게 하면 되겠습니까?. 그리고 종이 태극기를 약 100개 정도 준비하면 되겠습니까?"

"Ratskeller에서 오찬을 개최하면 더 이상 무슨 말이 필요하겠습니까. 최고지요. 우리 해군 장교와 생도 대표가 그 식당에 들어서는 순간 입을 다물지 못할 겁니다. 함부르크 역사가 살아 숨 쉬는 곳 아닙니까.

해군 함정은 국제법적으로 주권의 상징입니다. 움직이는 대한민국이지요. 우리 해군 순항훈련전단의 함부르크 방문은 말할 필요도 없이 우방국 독일과의 군사 분야에 있어서 우호 협력을 강화하는 데 크게 기여할 겁니다. 환영식에서 독일 해군 관계자는 물론 항구에 놀러 나온 일반 독일 시민이나 관광객들도 우리 해군 함정의 입항을 보게 될 겁니다.

우리가 어디에 살고 있습니까. 독일에 살고 있지 않습니까. 한국 사람이니 손에 당연히 태극기를 들어야 하겠지만, 독일에 살고 있으니 다른 한 손에는 독일기를 들어야 합니다. 그것이 의전에 맞을 뿐만 아니라, 상식적으로도 옳습니다. 양국 간 우호 협력 행사에서 한국인이 독일기를 흔들어 주는데 싫어할 독일인이 어디에 있겠습니까. 종이 국기는 공관에서 준비하겠습니다. 100개로는 턱없이 부족합니다. 태극기 200개, 독일기 200개 정도 준비하겠습니다. 우리 함부르크 교포 100명 정도가 환영식에 참석한다고 생각했을 때 1인당 태극기 2개, 독일기 2개를 양손에 들고 흔들면 되지 않겠습니까. 종이 국기 400개를 일제히 흔들면 환상적인 장면이 연출될 겁니다. 이런 정도면 함부르크 TV 방송에도 나오지 않겠습니까. 함정 입항 시 태극기와 독일기 물결을 연출하여 잊을 수 없는 강렬한 인상을 보여 주면 좋겠습니다."

"그렇게 하면 멋진 장면이 펼쳐지겠습니다. 그런데 부총영사님, 환영

어쩌다 외교관, 그러다 방랑자

현수막을 몇 장 정도 준비하면 좋겠습니까?"

"항구, 함정, 공연장 등에 내걸려면 적어도 6장은 있어야 할 것 같습니다. 그런데 문구를 '환영, 해군 훈련전단 함부르크 방문'으로 하지 말고 뭔가 좀 산뜻하고 세련되게 했으면 좋겠습니다. 이건 그냥 제 아이디어지만, 푸른 바다의 파도 위에 해군 함정을 그려 넣고 그 위에다 세련된 글씨체로 '자랑스럽고 멋진 우리 해군'이라는 문구를 쓰면 좋을 것 같습니다. 저도 잘 모르겠습니다. 하여튼 아이디어를 내서 눈에 띄는 멋진 현수막을 만들면 좋겠습니다."

가볍고 점잖게 시작되었던 함부르크 교민 단체장과의 회의는 기대와 흥분으로 끝났다. 함부르크 주 정부의 협조로 600석 규모의 Bürgerhaus(시민 회관)도 무료로 대관할 수 있게 되었다. 해군 순항 훈련전단의 공보 장교와 수시로 접촉하면서 상세 세부 일정도 차질 없이 준비해 나갔다. 함부르크 교포 사회의 관심과 열기는 하루가 다르게 뜨거워지고 있었다.

함부르크 엘베강 변

석양 노을이 붉게 물들어 가는 함부르크 엘베강 변 모래밭에 앉아 무심히 지나가는 국제 유람선과 대형 컨테이너선에 시선을 돌려 본다. 저 배는 어디를 향해 가고 있을까. 떠나고 헤어짐은 그리움이다. 함부르크는 그런 도시다. 헤어짐과 그리움이 순환하는 도시다. 엘베강의 산들바람이 그리움이 되어 눈가를 적신다.

마도로스의 연가가 더 구슬프다. 항구의 이별과 만남이 더 살가워진다. 우리 해군 순항훈련단이 태극기를 비롯해 형형색색의 깃발을 달고 함부르크 항구에 웅장한 모습을 드러낼 시간이 그렇게 다가오고 있었다.

함부르크항

해군 순항전단 공보 장교에 따르면 보통 환영식에는 적게는 50명에서 많게는 100명 정도 교포들이 참석한다고 한다. 그날 함부르크 항구에는 어림잡아 100명을 훌쩍 넘기는 우리 교민이 모습을 드러냈다. 그들의 표정은 흥분 그 자체였다. 양손에 들고 흔드는 태극기와 독일기

어쩌다 외교관, 그러다 방랑자

가 아름다운 꽃물결을 이루었다.

그러나 '옥에 티'라고 할까, 준비한 환영 현수막이 모두 같은 디자인에 '자랑스럽고 멋진 우리 해군'이라는 문구를 달고 있었다. 한 달 전 회의에서 가볍게 참고하라며 하나의 예로 이야기한 것을 그대로 해 버렸다. 그래도 아주 좋았다. 사방 곳곳에서 '자랑스럽고 멋진 우리 해군'의 현수막이 미소 짓고 있었다.

모든 것이 순조롭게 진행되었다. 대만족이었다. 환영식은 말할 필요도 없고 함상 리셉션, 예술 공연, 함정 공개 행사 등 모든 것이 기대 이상으로 순풍에 돛을 달았다. 600석의 공연장이 우리 교포와 독일 사람들로 가득 차 자리가 부족했다. 내가 준비하는 행사는 나의 치밀하지 못한 성격 때문에 뭔가 부족하고 아쉬운 경우가 많았는데, 이번에는 반대였다.

함부르크 외알스터 호수

"함부르크 정말 멋진 도시네요. 독일에서 가장 부유한 도시죠? 할리우드 영화배우 리차드 기어가 함부르크의 아름다움에 매료되어 일정보다 더 머물렀다더니 정말 그럴 만해요. 숲이 정말 울창하고 도시가 모두 공원이네요. 도심 한가운데 이렇게 크고 아름다운 호수가 있다니 정말 부럽습니다. 함부르크가 이렇게 기막힌 도시인 줄 몰랐습니다. 한국 사람들에겐 별로 알려지지 않았는데, 왜 그런지 이해되지 않을 정도로 아름답습니다."

나의 안내를 받은 단장과 장교들은 함부르크의 매력에 숨이 넘어갈 지경이었다. 물론 여기에는 나의 허풍도 한몫했다. 내가 독일에서 모셨던 공관장들의 "김학성의 말은 50%만 믿어야 한다. 더 믿으면 큰일 난다"라는 일관적인 경고를 그들은 알지 못했다. 그들이 나의 허풍을 눈치채기에는 3박 4일이 너무 짧았다.

4일이 지나 출항하는 날, 잔뜩 흐리고 우울한 가운데 가벼운 비가 내릴 것이라는 일기 예보를 듣게 되었다. 그 순간 "바로 이것이다"라는 생각이 번개처럼 나의 뇌리를 스쳤다. 햇볕이 화창하게 내리쬐는 날이었다면 생각하지도 않았을 것이다. 나는 한인회장을 비롯한 여러 교포 단체장과 접촉하여 내일 환송식에 최대한 많은 교포가 참석하면 좋겠다고 했다. 환영식 때보다 더 많이 참석해 달라고 간곡하게 부탁했다.

"부총영사님 걱정하지 마십시오. 함부르크 교민들이 이번 해군 방문이 아주 좋았다고 이야기합니다. 환영식에 참석하지 못한 교포들은 환송식에라도 꼭 나가겠다고 합니다. 환송식 때 더 많이 나갈 것 같습니다."

"공보 장교님, 군악대장님. 내일 환송식에 환영식 못지않게 많은 교포들이 참석할 예정입니다."

"예? 환송식에 100명이 넘는 교포들이 참석할 예정이라고요? 환송식은 보통 공관 직원과 교포 대표 등 20명 정도만 간단하게 참석하면 됩니다. 함부르크는 환영 인사도 다른 기항지보다 훨씬 많이 참석했는데, 환송식까지 그렇게 많이 나온다면 우리 해군 순항훈련단 역사의 신기록이 될 겁니다. 우리로서는 반가운 일이지만 교민 사회에 부담을 드리는 것 같아서."

"아닙니다. 함부르크 교포들이 이번 해군 방문이 너무 좋았다며 환송식에 기꺼이 나오겠다고 합니다. 공보 장교님, 군악대장님, 한 가지 부탁이 있습니다. 내일 출항할 때 조용필의 〈돌아와요 부산항에〉 등 교포들의 눈물샘을 자극할 수 있는 곡을 갑판에서 군악대가 연주해 주면 참 좋겠습니다. 함부르크가 부산과 자매결연을 맺고 있어서 함부르크에 Busanbrücke(부산 다리)와 Koreastrasse(한국 거리)가 있거든요. 그러니 〈돌아와요 부산항에〉를 연주하며 출항하면 좋겠습니다."

"앞의 다른 기항지에서는 교포들의 눈물샘을 자극해 달라는 요청이 없었습니다. 과거 순항훈련에 참석했던 선배들로부터도 이런 비슷한 일이 있었다는 사례는 들어본 적이 없습니다. 이번 함부르크 방문은 여러모로 신기록을 세우게 되네요. 부총영사님의 생각이 아주 좋습니다. 기꺼이 내일 출항 길에 갑판에서 연주하겠습니다. 여러 곡을 준비하겠습니다. 우리에게도 눈물 나는 작별이 될 것 같습니다."

함부르크 항구에 이슬비가 내렸다. 3박 4일의 짧은 만남을 뒤로하고 이별의 슬픔이 함부르크 항구를 뒤덮었다. 하얀 하정복을 입은 해군 승조원이 사열하듯 함정 난간에 도열했다. 100명이 훨씬 넘는 우리 함부르크 교포들은 손에 든 태극기와 독일기를 흔들며 이별의 아픔으로 눈가에 이슬을 맺었다.

출항을 알리는 함정의 뱃고동 소리가 세 번 무겁게 울렸다. 그와 동시에 함정 갑판에서 시작된 〈돌아와요 부산항에〉 곡조가 환송 나온 우리 교포들의 폐부를 예리하게 난도질하기 시작했다. 헤어짐을 슬퍼하는 눈물이 빗물과 함께 흘렀다. 모두 눈물의 노래를 함께 불렀다.

"꽃피는 동백섬에 봄이 왔건만 형제 떠난 부산항에 갈매기만 슬피우네. 오륙도 돌아가는 연락선마다 목메어 불러봐도 대답 없는 내 형제여. 돌아와요 부산항에 그리운 내 형제여…"

우울한 엘베강이 이슬로 피어올랐다. 우리 해군 함정은 슬픈 노래 곡조를 이기지 못하고 눈물만 남겨둔 채 그렇게 시야에서 사라져 갔다.

잠을 이룰 수 없었다. 지금쯤 우리 해군 함정은 100km의 엘베강을 지나 독일 북해의 거친 파도를 헤쳐 나가고 있을 것이다. 나는 핸드폰을 집어 들었다. 함부르크 교포 단톡방에 들어갔다. 만해 한용운의 「님의 침묵」을 약간 변형하여 카톡에 글을 쓰기 시작했다.

존경하고 사랑하는 함부르크 교민 여러분, 님은 갔습니다. 사랑하는 우리 님은 갔습니다. 엘베강에 눈물 흘리고 떠나갔습니다. 그러나 다시 만날 날을 기약하며 우리는 님을 보내지 않았습니다.

우리는 전생에 무슨 보이지 않는 인연이 깊어 함부르크 하늘 아래서 때로는 기뻐하고 때로는 고뇌하며 살고 있을까요. 우리 한인 사회는 하나입니다. 같이 웃고 같이 우는 공동체입니다.

금번 해군 순항훈련전단의 함부르크 방문 시 보여 주신 교민 여러분의 뜨거운 관심과 애정에 고개 숙여 감사드립니다. 해군 단장께서도 함부르크 교포 사회의 성원과 지원에 여러 차례 깊은 감사를 표했습니다.

　　함부르크항을 떠난 우리 해군 함정은 지금쯤 북해의 거친 파도를 헤쳐 나가고 있겠지요.

　　God bless our navy!

　　자랑스럽고 멋진 우리 해군!

　　깊은 밤 카톡 소리가 요란하다. 카톡, 카톡, 카톡, 카톡, 카톡…. 나의 핸드폰의 카톡 소리는 끝이 없었다.

어쩌다 외교관,
그러다 방랑자

07

베를린의 백 년의
꿈을 위해

베를린의 백 년의 꿈을 위해

결재를 받고 사무실에 내려오니 옆자리 동료 직원이 인사과로부터 전화를 받았다며 인사과장이 나를 찾는다고 했다.

"인사과장이 나를 찾아요? 뭐 때문에요?"

"모르겠는데요. 하여튼 인사과장이 할 말이 있다고 인사과로 좀 와 달라고 합니다."

"참 별일이네, 인사 문제와 아무 관련이 없는 나를 왜 찾지?"

인사과로 가는 길에 내내 생각해 봐도 답을 찾을 수 없었다. 프랑크 푸르트 근무를 마치고 본부로 귀임한 지 9개월밖에 되지 않아서 인사와 아무런 관련이 없는데 왜 찾는 걸까. 이유를 알 수 없었다.

인사과장과는 복도에서 지나칠 때 서로 웃는 낯으로 인사를 나누는 좋은 사이였다. 그러나 그날은 완전히 달랐다. 불쾌한 감정이 그의 얼

어쩌다 외교관, 그러다 방랑자

굴에 투영되어 있었다. 그는 화가 단단히 나 있었다.

"단둘이 이야기해야 하니 저 방으로 들어갑시다."

방에 들어서자마자 인사과장이 포문을 열었다.

"김 서기관, 어떻게 이럴 수 있어요. 그동안 좋게 생각했는데, 어떻게 이런 황당한 행동을 할 수가 있습니까. 아주 실망스럽습니다. 화가 나지 않을 수가 없습니다."

"제가 뭘 어쨌다고 전후 사정 설명도 없이 다짜고짜 이런 말씀을 하십니까?"

"제가 꼭 제 입으로 이야기해야 알겠습니까? 본인이 더 잘 알 것 아닙니까."

"과장님이 뭔가 크게 오해하고 계시는 것 같은데, 아무리 생각해 봐도 짚이는 게 없습니다. 갑자기 무슨 말씀을 하시는지 모르겠습니다. 저는 정말 모르겠어요. 무슨 일인지 설명 좀 해 주세요."

"본부에 귀임한 지 1년도 되지 않았으면서 다음 발령에 다시 독일로 가기 위해 대사님께 접근해 본부에 압력을 가하다니요! 대체 뭘 하고 있는 겁니까? 그 정도 인격밖에 되지 않는 사람입니까?"

"네? 과장님, 지금 무슨 말을 하시는 겁니까. 과장님 말씀이 너무 황당해서 이해가 되지 않습니다. 뭐가 뭔지 전혀 모르겠습니다. 말이 나오지 않습니다. 뭔가 단단히 오해하고 계신 것 같습니다."

"김 서기관이 독일어를 잘하는 독일 전문가라는 사실은 우리 인사과에서도 잘 알고 있습니다. 하지만 아무리 그렇다고 한들 어떻게 이런 황당한 행동을 할 수 있습니까. 본부에 귀임한 실무 직원의 경우 통상 2년 정도 근무해야 한다는 규칙은 우리 외교부 직원이라면 다 알고 있지 않습니까. 그런데 그런 규정을 다 무시하고 1년 만에 다시 독일로 가기 위해 대사님께 접근하다니. 젊은 사람이 벌써부터 머리를 그런 식으로 쓰면 되겠습니까?"

독일 통일 후 연방 수도가 Bonn(본)에서 Berlin(베를린)으로 천도됨에 따라 우리 대사관도 본에서 베를린으로 이전했지만, 임차 건물을 임시 청사로, 주베를린 총영사 관저를 임시 대사 관저로 사용하고 있었다. 다른 주요 국가들은 발 빠르게 움직여 베를린의 요지에 부지를 구입해 대사관 청사와 관저를 신축 또는 매입하는데, 우리는 통일된 지 10년이 지났음에도 청사, 관저 국유화 사업의 첫 삽도 뜨지 못했다. 후발주자였다.

다행스럽게도 베를린 중심의 Tiergarten 지역에 청사 신축을 위한 부지를 물색하여 계약 협상이 진행되고 있었다. 과거 베를린 영빈관 건물을 관저로 사용하기 위한 매입도 추진되고 있었다. 영빈관 건물의 외관만 살리는, 사실상 신축에 가까운 사업이었다.

이렇게 청사, 관저 국유화를 동시에 추진하는 큰 사업이 진행되고 있는데, 정작 이 일을 전담할 독일어 잘하는 직원이 없어서 대사관은 깊은 고민에 빠져 있었다.

국유화 업무는 외교부 고유의 업무가 아닐 뿐만 아니라 외교관에게는 아주 낯선 분야다. 골치 아픈 프로젝트를 맡았다가 문제가 되면 고생은 고생대로 하고, 무시무시한 후폭풍도 감당해야 하기 때문에 다들 못 하겠다고 꽁무니를 뺐다. 100장이 넘어가는 복잡한 계약서부터 시작해 모든 업무가 100% 독일어로 진행되니, 맡고 싶어도 독일어 때문에 방법이 없다면서 직원들이 도망치는 상황이었다.

어느 날 대사관 직원회의는 타임머신을 타고 조선 시대 창덕궁 어전 회의가 되었다.

"대사님, 이 어려운 문제를 해결할 한 가지 묘책이 있사옵니다."

"그래, 그 묘책이 무엇인고? 당장 고하도록 하라."

"예, 대사님. 프랑크푸르트 근무를 마치고 9개월 전에 본부로 귀임한 김학성 서기관을 특별 스카우트하면 이 난제가 해결될 것이옵니다. 그의 독일어 실력과 경험이라면 능히 이 난제를 헤쳐 나갈 수 있을 것으로 사료되옵니다. 부디 통촉하여 주시옵소서!"

"통촉하여 주시옵소서!"

"그래, 맞다! 김학성 서기관이 있었지! 왜 그 생각을 하지 못했을까. 여봐라! 당장 김학성 서기관을 스카우트하여 내 앞에 대령하도록 하라!"

"대사님. 한 가지 문제가 있사옵니다."

"무슨 문제가 있단 말이냐. 당장 불러들이면 되는 일을!"

"아뢰옵기 송구하오나, 그가 귀임한 지 1년도 되지 않아 인사과에서 난색을 표할 듯해 심히 우려되옵니다."

"그 무슨 당치도 않은 소리란 말인가! 대독일 대사관 청사, 관저 국유화 사업을 추진한다는데! 통일 베를린에서 한반도 통일을 염원하며 백년대계의 프로젝트를 추진한다는데 실무 직원 하나 보내 주기 어렵다니! 가당치도 않은 소리! 주독일 특명전권대사를 뭐로 보고!"

"황송하옵니다! 황송할 따름이옵니다!"

직원들의 건의를 들은 대사님은 그 길로 쥐도 새도 모르게 인사과에 전화하여 나를 보내달라고 독촉했다. 그래서 인사과장이 나를 단단히 오해한 것이었다.

인사과장이 상황을 파악한 것으로 공수가 바뀌었다. 그는 내가 가장 적임자라는 생각이 드는 데다, 이대로라면 대사님에게 계속 시달릴 듯하니 발령을 내겠다고 했다.

하지만 내가 가지 않겠다고 버텼다. 그런 일을 할 자신도 없고, 건축에 대해 알지도 못하며, 무엇보다도 국내 교육이 처음인 자녀들을 위해 서울에 최소한 2년은 있어야 한다고 강조했다.

하지만 나에게 무슨 힘이 있겠는가. 발령은 말 그대로 인사 명령인 것을.

인천 공항을 날아올라 베를린으로 향했다. 옛날과 같은 설렘 따위는 없었다.

내 기내 가방에는 건축 용어가 정리된 소책자가 들어 있었다. 우리말로 건축과 관련된 기본 정보를 이해하면 독일어 건축 용어를 배우는 데 도움이 될 듯해 발령을 받자마자 구입해 공부 중인 작은 책자였다. 외교부에서 생활하며 건축 관련 공부를 할 줄 꿈에나 알았겠는가. 나의 운명이란.

어린 아들과 딸이 불쌍했다. 1년 전 인천 공항에 도착했을 때 공항 내 편의점에서 우리 물건을 보며 그렇게 좋아했는데. 학교 급식이 맛있다며 다른 친구들과 달리 자기는 김치도 밥도 많이 먹는다고 했는데. 친구를 사귀면서 학교 생활을 즐거워했는데. 하루아침에 이렇게 서울을 떠날 수밖에 없는 아이들이 가여웠다.

기내 음악프로그램을 켰다. 처음 들어본 노래가 내 마음을 파고들었다. 여진의 〈그리움만 쌓이네〉였다.

다정했던 사람이여 나를 잊었나. 벌써 나를 잊어버렸나. 그리움만 남겨
두고 나를 잊었나 벌써 나를 잊어버렸나. 그대 지금 그 누구를 사랑하는
가. 굳은 약속 변해 버렸나. 예전에는 우리 서로 사랑했는데 이젠 많이 변
해 버렸나. 아~ 이별이 그리 쉬운가? 세월 가 버렸다고 이젠 나를 잊고서
멀리멀리 떠나가는가? 아~ 나는 몰랐네. 그대 마음 변할 줄 난 정말 몰랐
었네. 네가 보고파서 나는 어쩌나 그리움만 쌓이네~

젊은 청춘의 이별을 슬퍼하는 노래였지만 만남과 헤어짐을 밥 먹듯
이 하는 나의 노래이기도 했다. 아빠 때문에 학교 친구와 헤어짐의 고
통을 겪어야 하는 아들과 딸의 슬픈 노래이기도 했다. 나는 그 노래를
듣고 또 들었다. 소리 없이 울면서 들었다. 지금도 그 노래를 듣노라면
베를린으로 향하는 비행기에 타고 있는 것만 같다. 그때 그날이 너무
나 생생하게 떠오른다.

각오를 단단히 하고 베를린에 도착했다. 이제 시작이었다. 깨알 같은
계약서를 비롯해 독일어로 된 많은 서류가 책상 위에서 나를 기다리
고 있었다. 변호사, 공증인, 건축 설계사와 협의는 물론 건축 인허가와
관련하여 베를린 관청 방문 등 업무가 끝이 없다. 그 많은 국유화 사업
비 예산 관리도 문제였다. 그러나 인제 와서 어떻게 하겠는가. 버스 지
나가 버렸는데 손들어 무슨 소용이 있겠는가. 발령을 취소하고 서울로
돌아갈 수도 없는 것을. 나의 운명인 것을.
"대사님, 문제가 있습니다. 전에 구두로 보고드린 바와 같이 국유화

사업비가 부족할 것 같습니다. 여기 추가 사업비 소요액 설명서를 작성했습니다. 이 정도가 부족할 것 같습니다."

"사업비가 부족해?"

"예. 설계사의 말에 따르면 지금 사업비로는 하품으로 내부 공사를 할 수밖에 없다고 합니다. 중품으로 하면 이 정도 추가 비용이 발생하고요. 청사, 관저로서 최소한의 품격을 갖추려면 이 정도는 되어야 하는데 걱정입니다. 외부 공사는 계획대로 잘 진행되고 있는데, 내부 마감 공사에 차질이 발생하면 백 년의 꿈은 둘째치고 두고두고 문제가 될 겁니다."

"안 되지, 안 돼. 백년대계의 대독일 대사관 청사, 관저를 신축하는데 하품을 써서는 안 될 일이지."

"예, 대사님. 여기 추가 예산 신청서를 결재해 주시면 바로 본부에 보내 금년도 예산 심의에 우선적으로 포함해 달라고 부탁하겠습니다. 하지만 저만으로는 어렵습니다. 대사님께서 본부 간부에게 상황을 설명하고 직접 부탁하면 좋을 것 같습니다."

이렇게 대사관에 경보음이 울려 퍼졌다.

며칠 후, 대사님은 출근하자마자 급히 나를 찾았다.

"김 서기관, 서울에 좀 다녀오는 게 좋겠어. 본부만 믿고 있어서는 안 될 것 같아. 직접 예산처를 방문해서 설명해야 해. 우리 일이니 우리가 발 벗고 나서야 하지 않겠어? 그러니 오늘 저녁에 당장 서울로 출발해."

"예? 대사님, 저더러 서울에 갔다 오라고요? 실무자 2등서기관이 무슨 힘이 있다고요."

"2등서기관이 왜 힘이 없어."

"정 그렇다면 공사님과 같이 가고 싶습니다."

"안 돼. 돈도 없는데 뭘 공사랑 같이 가려고 해. 빨리 갔다 와. 예산 과장을 만나서 설명하는 게 중요해. 예산과장이 돈줄을 쥐고 있으니 까. 예산과장을 설득하지 못하면 베를린에 돌아올 생각도 하지 마. 예산과장이야, 예산과장. 어떻게 해서라도 설득해야 해. 대독일 대사관 의 백 년의 꿈이 당신 손에 달려 있다는 걸 명심해!"

공사님을 포함시켜 책임을 분산해 보려는 소위 '물귀신 작전'은 대사 님의 예리한 통찰력에 무너지고 말았다.

나는 울며 겨자 먹기로 서울 예산처 담당과 사무관에게 전화했다.

"사무관님. 예산 추가 소요를 직접 설명해 드리고자 오늘 서울에 갈 예정입니다. 도착해서 뵙겠습니다."

"예? 서울에 오신다고요? 아니요, 그럴 필요 없습니다. 오신다고 해 도 아무것도 달라지지 않습니다. 예산은 한 푼도 증액할 수 없습니다. 반드시 배정된 예산 범위 내에서 해야 합니다. 헛걸음이니 오지 마세 요. 비싼 비행깃값만 날립니다."

수화기 속의 상대방 목소리가 아우성쳤다. 하지만 나도 물러날 수 없 었다. 제갈공명의 출사표처럼 나도 출사표를 던졌다. 이젠 죽기 아니면 까무러치기다.

서울에 도착했다. 뱃심이 있어야 싸우지 않겠는가? 대식가인 나에게 오랜만에 먹는 맛있는 육개장과 밥 한 공기는 턱없이 부족했다. 한 공 기를 더 시켜 뱃심을 든든하게 키우고 마침내 사무실에 들어섰다. 전 쟁터에 들어섰다.

"아무 소용 없으니 오지 마시라고 하지 않았습니까. 그렇게 오지 말라고 했는데 왜 오신 겁니까."

담당 사무관은 손사래를 치며 나가라고 아우성쳤다. 그와 함께 과장에게도 설명해야 하는데 하필 그때 과장이 자리에 없었다. 낭패였다.

"사무관님. 아무리 그렇다고 해도 먼 독일에서 여기까지 왔는데 이럴 수는 없지 않습니까. 입장 바꿔 생각해 보십시오. 예산을 주지 않아도 좋습니다. 어떻게 제 설명 한 번 들어 주지 않으십니까. 제가 뭐 사기꾼입니까? 도둑놈입니까? 사무관님이나 저나 다 나라를 위해 일하는 사람들입니다."

담당 사무관에게 침을 튀겨 가며 설명했다. 베를린 하늘 아래 품격 있는 우리 대사관 청사, 관저를 만들어 태극기를 높이 올리겠다고 도와 달라 읍소했다.

사무관에게 설명하는 동안 과장이 돌아왔다. 과장께 인사하고 설명하겠다고 했지만, 그는 금세 사라져 버렸다.

대사님께 전화로 보고를 드렸다. 담당 사무관에게는 충분히 설명했으나, 과장에게는 설명하지 못했다고 말했다. 대사님의 반응은 더 이상 언급하지 않겠다.

그날 나는 뜬눈으로 밤을 보냈다. 잔인한 서울의 밤이었다. 날이 차츰 밝아 오는 새벽 시간에 번개와 같은 생각이 스쳤다. "바로 이거다!" 무릎을 쳤다.

나는 아침 일찍 아무것도 들어 있지 않아 속이 텅 비어 있는 기내용 여행 가방을 끌고 예산처 사무실을 다시 찾았다. 마침 과장이 자리에

어쩌다 외교관, 그러다 방랑자

있었다.

"과장님. 출국하기 위해 공항 가는 길에 들렀습니다. 이렇게는 도저히 베를린으로 돌아갈 수 없어 무례를 무릅쓰고 왔습니다. 제가 오죽하면 이렇게 가방을 끌고 공항에 가다 말고 다시 여기에 왔겠습니까. 과장님께 설명 드리지 못하고 비행기를 타면 저는 지옥을 경험하게 될 겁니다. 과장님, 저 좀 살려 주십시오. 죽은 사람 소원도 들어준다는데 산 사람 소원 하나 들어주지 못합니까. 30분만 시간을 주세요. 아니, 15분이라도 좋습니다. 제발 빈손으로 돌아가게 하지 마세요."

"이 양반 보통 사람이 아니네. 거기 앉으세요. 어디 한 번 들어나 봅시다. 아이고, 참."

"듣고 보니 안 되겠네. 예산을 좀 올려야 할 것 같기는 한데. 생각을 좀 해 봐야겠네."

나의 빈 기내 여행 가방 작전이 성공을 거둔 순간이었다.

나는 공항이 아닌 호텔로 다시 돌아와 아무것도 들어 있지 않은 여행 가방을 던져 버리고 꿀맛 같은 오후 낮잠을 즐겼다.

어쩌다 외교관,
그러다 방랑자

08

엄마와의 대화

엄마와의 대화

"엄마, 택시 타고 갑시다. 시외버스랑 기차를 번갈아 타고 서울역까지 먼 길을 왔더니 좀 피곤하네요. 엄마는 나보다 더 힘든 것 같은데. 어디에서 몇 번 시내버스를 타야 공항에 가는지도 잘 모르겠고."

"서울까지 오느라 차비가 많이 들어서 돈을 아껴야 하는데. 모르겠다. 네 맘대로 해라. 서울에 와서 생각지도 못한 택시를 타는 것도 다 네 덕 아니겠니."

엄마와 나는 한 달 전 광주 시내에서 어렵게 구입한 기내용 가방 2개를 택시에 싣고 서울역을 떠났다.

12월 겨울 공기가 매섭다. 차가운 겨울바람에 꽁꽁 언 택시의 창문이 흐리다. 창가에 스치는 회색의 서울이 내 마음처럼 얼어붙어 있다. 내 손을 붙잡은 엄마의 손이 따뜻할 뿐이다. 택시는 무정하게 김포가

어쩌다 외교관, 그러다 방랑자

도를 따라 속도를 냈다.

어느 순간 '환송, 파독 광부 1진 출국'이라고 쓰인 플래카드가 눈에 들어왔다.

김포 공항에 도착했다. 나와 함께 비행기에 몸을 실을 파독 광부와 그를 환송하러 나온 가족들로 공항은 정신이 없었다. 애국가가 울려 퍼지고 격려사가 확성기를 통해 전해졌다. 부산한 가운데 환송식이 끝나고 트랩에 오르기 전 마지막으로 가족들과의 짧은 대화 시간이 남아 있었다.

서울역에서 김포 공항으로 오는 내내 엄마는 한마디도 하지 않았다. 서러운 눈물이 엄마의 목구멍을 막았다. 나도 엄마의 거친 손을 쓰다듬기만 했을 뿐 한마디도 하지 못했다. 엄마와 나는 그렇게 울면서 김포가도를 달렸다.

비행기 트랩에 오를 시간이 다 되었다. 안내 방송이 너무나 야속했다. 눈물 콧물로 엄마와 나, 공항에 있는 모든 사람의 얼굴이 부어올랐다. 트랩에 오르기 전에 마지막으로 엄마의 손을 꼭 잡았다. 눈물로 얼룩진 엄마의 뺨을 쓰다듬었다. 그리고 트랩에 발을 디뎠다.

트랩에 올라 비행기 출입문 앞에 서서 멀어져 희미해진 엄마의 얼굴을 쳐다보았다. 엄마의 슬픈 얼굴을 다시 보는 것은 고통이었다. 나는 두 번 다시 뒤돌아보지 않았다. 눈을 감았다.

지하 탄광 막장에서 생사를 같이할 생면부지의 동료들과 나를 태운 비행기는 무정하게 김포 공항 활주로를 이륙하여 고도를 높였다. 김포 공항 건물이 저 아래 조그맣게 보였다. 가난에 허덕이는 가족을 먹여 살리려는 불쌍한 청춘을 싣고 우리 비행기는 이국만리 머나먼 서독 땅을 향해 날아올랐다.

이젠 김포 공항에 남은 사람들의 시간이다. 가슴이 갈기갈기 찢기는 고통의 시간이다. 구름 뒤 저 멀리 사라져 가는 그리운 임을 두고 애태우며 발길을 돌려야 하는 비탄의 시간이다. 하고 싶은 말을 다 하지 못하고 발길을 돌려야 하는 남은 사람들의 슬픈 시간이다.

나를 태운 비행기는 어느새 서울 하늘을 벗어났다. 비행기 창문 아래로 햇빛에 반짝이는 바다가 펼쳐진다. 내 주변엔 눈물 맺힌 사람들뿐이다. 모두 마음속으로 울고 있는 모양이다. 내가 가는 이 길이 내 부모, 형제를 살리는 길이라고 굳게 믿고 떨리는 가슴을 억누르고 있는 것 같다.

갑자기 어디선가 엄마의 목소리가 들려온다.

"불쌍한 내 새끼야. 이제 가면 언제 다시 만날 수 있을까. 못난 부모 잘못 만나 네가 뭔 고생이냐. 물선 이국땅 지하 탄광에서 새카만 탄가루를 뒤집어쓰고 있을 네 모습을 생각하니 억장이 무너진다."

"엄마. 걱정하지 마세요. 3년 금방 갈 테니. 자식 군대 한 번 더 보냈다 생각하세요. 열심히 일해서 돈 많이 보내 드릴 테니 아까워하지 마시고 쓰세요. 내려가시는 길에 불편한 완행열차 말고 편한 급행열차 타세요. 힘 나게 곰탕도 한 그릇 든든히 드시고 내려가세요."

"오냐. 그렇게 하련다. 네 덕분에 오늘 생전 처음으로 비행기도 구경했다. 동네 사람들에게 비행기 구경했다고 자랑하련다. 이 시골 동네에서 나 말고 누가 비행기를 구경할 수 있었겠냐."

그렇게 큰소리치셨던 엄마는 자식 돈 빨아먹을 수 없다며 완행열차에 몸을 실으셨다. 구름 저 멀리 점처럼 사라져 가는 자식을 생각하며 눈물과 함께 내려가셨다. 중간중간 기차가 정차할 때 사 먹을 수 있는 국수 한 그릇도 마다하셨다. 달리는 기차 안에서 퍽퍽한 삶은 달걀 하나 사 먹으며 눈물과 함께 내려가셨다.

새카만 탄가루를 뒤집어쓴 내 얼굴이 서럽다. 힘들다. 무섭다. 그러나 쉬지 않고 움직여야 한다. 엄마는 뭘 하고 있을까. 그립다. 눈물 난다. 보고 싶다. 그러나 나는 쉴 수 없다. 내 부모, 내 형제자매를 위해 몸에서 쉰내가 나게 움직여야 한다.

지하 막장에서 올라왔다. 오늘도 살아 있다. "Glück Auf"를 외치며 살아 있음에 감사했다.

첫 월급을 받았다. 주말에도 쉬지 않고 갱도를 오르락내리락한 대가로 800마르크를 받았다. 정말 큰돈이다. 내 생계를 유지할 50마르크를 빼고 남은 750마르크를 고스란히 엄마에게 송금했다. 돈을 보내는 날 엄마 생각이 나서, 엄마가 그리워서 많이 울었다.

노란색으로 채색된 모젤강의 가을 포도밭 단풍이 황홀하다. 자전거를 타고 아름다운 만추의 모젤강 변을 달린다. 혼자가 아니기에, 천사같이 예쁜 한국인 간호사 아가씨와 인연과 행복을 노래하며 달리고 있기에 나는 행복했다.

"엄마. 불효자를 용서해 주세요. 3년만 지나면 엄마 곁으로 돌아가겠다고, 군대 갔다고 생각하고 기다리시라고 그렇게 큰소리쳤던 놈이 이승에서 엄마의 마지막 손도 잡아주지 못했습니다. 천하에 이런 불효자식이 또 어디 있을까요. 엄마의 육신을 실은 상여 끝에 매달려 두 눈이 빠지도록 울어라도 보았다면 내 이렇게 가슴 아프지는 않았을 텐데."

"불쌍한 내 새끼야. 서러워하지 마라. 너는 우리 집의 자랑이요, 보배다. 너 없이 너의 형제자매가 어떻게 살았겠냐. 네 덕에 다들 배워서 잘살게 되었다. 너의 불효가 하나라면 너의 공덕은 열 배, 백 배다."

"엄마. 엄마가 있는 그곳은 따뜻했으면 좋겠어요. 춥지 않았으면 좋겠어요. 어둡지 않으면 좋겠어요.

엄마, 전 멋진 도시 함부르크에서 잘살고 있어요. 화목한 가정에서 손주 셋을 데리고 남 부럽지 않게 잘살고 있어요.

독일 생활이 올해로 60년이 되었네요. 무심한 세월은 그렇게 흘러갔네요. 북풍한설 몰아치던 김포 공항에서 엄마 손을 붙들고 이별의 아픔에 눈물 쏟던 때가 엊그제 같은데. 이제 저도 백발이 다 되었고 다리도 떨려요. 나이가 80이 넘었습니다.

한 번 왔다 가는 인생, 그게 언제일지, 내 뜻대로 되지 못할 일이지만, 새들이 춘정을 못 이겨 노래하고 연녹색의 새싹이 돋아나는 따뜻한 봄날 함부르크의 Ohlsdorf 묘지에 묻히고 싶어요. 먼저 떠난 동료 친구들의 옆자리에."

"사랑하는 내 아들아. 보고 싶은 내 새끼야. 내 남도 민요 〈백발가〉 노래 한 번 들어 봐라.

젊어 청춘 소년들아 엊그제인 줄 알았더니 오늘 보니 늙었구나. 검던 머리는 희어지고 곱던 얼굴 변했구나. 원수야 원수로구나. 오는 백발이 모두 원수로다. 이놈의 백발을 내가 한 번 막아 볼까. 요놈의 백발을 막으려고 한 손에 망치 들고 또 한 손에 철퇴 들어. 요놈의 백발을 쥐고 박고 붙고

어쩌다 외교관, 그러다 방랑자

막고 치고 무심한 결투를 하여도 나는 나는 이겨 낼 수가 없구나. 세월아 세월아 오고 가지를 말아라. 네가 가고 나면 아까운 청춘만 다 늙어 간다.

사랑하는 내 아들아. 보고 싶은 내 새끼야. 이것이 인생이다. 이것이 인생이란다."

"나의 그리움이 가벼운 바람 되어 내 엄마 무덤가의 이름 모를 작은 꽃잎에 내려앉기를……."

- 광산 근로자 파독 60주년을 맞아 1세대 재독 교포들의
고통, 좌절, 희망, 행복을 생각하며

어쩌다 외교관,
그러다 방랑자

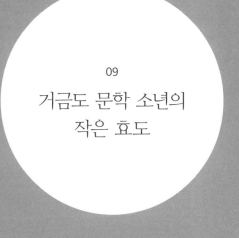

09

거금도 문학 소년의
작은 효도

거금도 문학 소년의 작은 효도

"아이고, 또 고추여 고추. 아이고, 이 망할 년, 박복한 년. 무슨 팔자를 타고났길래 또 고추여. 줄줄이 아들만 넷을. 숨 막혀서 못 살겠네. 아들 아무 소용없어. 딸이 있어야지, 딸이. 시집가서도 친정 어매 생각해 준 것은 딸 뿐인데. 아들이 무슨 소용이 있어. 지그 각시뿐이 모르재. 이 박복한 년아, 아이고 내 팔자야."

외할머니는 고추 달고 세상 빛을 보게 된 핏덩어리를 씻길 생각도 하지 않고, 딸자식 하나 없는 엄마의 신세를 가슴 아파하며 막말을 토해 냈다. 배 속의 태동이 아들과는 뭔가 달라도 다르다며 이번에는 고추가 아닐 거라고 믿고 또 믿었던 엄마도 방바닥을 치는 외할머니의 모습에 무너져 내렸다. 남아선호가 지배적이었던 그 당시 우리 동네에서 아들 낳고 눈물 쏟은 사람은 우리 엄마뿐이었다. 요즘 유행하는 말로 표

어쩌다 외교관, 그러다 방랑자

현한다면 엄마는 동메달은 고사하고 목매달 중에서도 상 목매달이었다.

함께 아기를 받은 친할머니는 무슨 그런 서운한 소리를 하느냐면서 눈물 떨어뜨리는 산모를 나무랐다.

"새 생명이 태어났는데 산모가 재수 없이 울고 있느냐. 당장 그쳐라. 이게 무슨 짓이야. 삼신할미가 노하겠다. 미물인 이름 없는 작은 새도 앉을 가지를 찾아 앉는다고 하는데, 하물며 사람이야 안 그렇겠냐. 다 뜻이 있어서 이 세상에 오는 거다. 네가 키우지 않겠다면 내가 키우련다!"

동네 사람들도 다들 안타까워했다.

"어짜까이, 배 속의 애기가 발길질하는 게 전과는 다르다면서 이번에는 꼭 딸일 거라 하더니만. 산모에게 뭐라고 위로의 말도 못 하겠네."

"아들 손이 흔하고 딸 손이 귀한 집안 내림이 어쩔 수 없구만. 아이고 어떻게 하겠는가. 다 타고난 팔자제."

나에겐 고모가 없다. 아버지는 4형제 중 둘째다. 그런 집안 내림을 그대로 물려받아 나도 위로 형만 셋이다. 내가 만약 딸로 태어났다면 땅을 한 번도 밟지 않았을 것이다. 매일 공중에 떠다녔겠지.

그런데 우리 집에서 실제로 그런 일이 일어났다. 큰형님의 첫 아이, 즉 나의 첫 조카가 딸이었다. 예쁘장하게 생긴 손녀딸은 우리 어머니, 아버지의 보물 1호였다. 첫 조카는 할머니, 할아버지, 친척과 이웃 사람들의 손에서 벗어나지 못했다.

"네 엄마도 오늘 녹동 장에 갔냐?"

"니네 엄마도 갔냐?"

바다 건너 녹동읍에 오일장이 서는 날이면 우리 반 친구 대부분을 부둣가에서 만날 수 있었다. 하루에 한 번 운항하는 목조 여객선이 오후 4시면 만물 보따리를 풀어 헤쳐 놓고 다른 섬으로 떠났다. 나도 다른 친구들처럼 엄마가 막둥이 아들을 위해 풀빵, 과자 등 맛있는 먹거리를 사 오리라 기대하면서 여객선이 앞바다에 나타나기를 목이 빠지게 기다렸다. 그러나 나는 그 외에도 동화책, 위인전 등 읽을거리도 손꼽아 기다렸다.

녹동에 하나뿐인 서점인 '은성서점'에 들린 엄마는 서점 주인아저씨께 말했다.

"우리 막둥이 아들이 이야기책을 사 달라고 조르는데 책방 아저씨가 좀 골라주시오. 간신히 ㄱ, ㄴ, ㄷ 읽을 줄 아는 내가 뭘 안다요."

"막둥이 아들이 책을 좋아한다고라. 그놈 나중에 문학도가 되겠네."

"문학도가 뭐다요?"

"글 잘 쓰는 사람을 문학도라고 하는디, 하여튼 그놈 좀 싹수가 있게 보이요. 내가 앞으로 읽을 책을 골라 줄 테니 녹동장에 오면 들르시오."

"아이고, 고맙소. 그렇게 할래요."

다른 친구들처럼 나도 학교 가기 전에 소를 동네 뒷산에 풀어 놓고 해 질 녘에 몰고 돌아오는 것이 중요한 일상이고 과제였다. 소년 목동이었다. 동시에 남해 쪽빛 바다의 아름다운 풍광이 한눈에 내려다보이는 바위 위에 앉아 엄마가 사다 준 동화책을 열심히 읽었던 거금도 문학 소년이었다.

거대한 동백나무가 바닷바람을 막아 주는 방풍림. 바닷가를 따라 사열하고도 모자라 지천으로 널린 크고 작은 동백나무가 붉은 꽃을 선연하게 피워 내고 처연하게 떨어뜨리는 곳, 싱싱하게 돋은 초록빛 산

어쩌다 외교관, 그러다 방랑자

야에 눈이 시린 하얀 산철쭉, 무리 지어 춤추는 붉은 자운영의 들판. 아련하게 떠오르는 내 고향 섬마을의 모습이다. 그리운 곳이다.

아버지의 칠순을 맞이하여 1992년 5월 따뜻한 봄날 부모님과 큰형님을 함부르크로 초청하였다. 본부에 근무하고 있는 외교부 동료 직원의 도움을 받아 여권도 발급받았다. 그때는 지금과 달리 여권 업무가 지방 자치 단체에 위임되지 않았다. 외교부의 전담이었다. 부모님과 큰형님은 우리 섬마을 동네 최초 여권 보유자이자 1호, 2호, 3호 보유자였다.

출발을 앞두고 동네 사람들이 삼삼오오 우리 시골집에 모여들었다.

"이것이 뭐단가?"

"이게 여권이라는 것인디. 이것이 있어야지 비행기를 타고 우리나라를 떠날 수 있고 독일에 들어갈 수 있다네."

"참 자네 출세했네. 세상에 비행기 타고 그 먼 독일까지 가게 되다니. 우리 동네에서 비행기 타고 외국 가는 사람은 자네가 처음 아닌가. 막둥이 아들이 그렇게 될 줄 알았어. 어렸을 때부터 책 읽기를 좋아하더니만, 우리 섬 동네에서 공부도 제일 잘했지. 싹수가 있었지."

"오메, 자네는 무슨 복을 타고났는가? 딸자식 있는 우리를 그렇게도 부러워하더니, 막둥이 아들 덕에 비행기 타고 외국도 가고. 우린 딸 많이 있어도 아직 제주도 가는 비행기도 못 타 봤는디. 시상에!"

그렇게 우리 부모님과 큰형님은 50여 명의 동네 사람들로부터 여행 경비에 보태 쓰라며 챙긴 5천 원, 만 원 등의 격려금과 부러움을 받으면서 섬마을을 떠나 함부르크로 향했다.

늦은 저녁 함부르크 공항 전광판에 부모님과 큰형님을 태운 Lufthansa(독일항공) 여객기가 무사히 착륙했다는 신호가 들어왔다. 먼 독일 땅 함부르크에서 그리운 부모님을 만날 때가 다가오고 있었다. 심장이 뛰었다. 벌써 눈물이 아른거렸다.

공항 입국장 문이 열렸다. 하얀 피부의 독일 사람들 사이에 까무잡잡한 피부의 촌스러운 동양 사람들이 모습을 드러냈다. 한달음에 달려가 엄마를 끌어안고 손을 잡았다.

엄마는 눈물로 범벅이 된 얼굴이었다. 서울에서 프랑크푸르트까지 15시간가량의 긴 비행 동안 엄마는 부모 곁을 떠나 먼 나라에서 살고 있는 막둥이 아들을 생각하며 가끔 눈물을 훔쳤다. 그리고 프랑크푸르트에서 비행기를 갈아타고 캄캄한 밤하늘을 1시간 더 날아오면서 완전히 무너져 내렸다. 불쌍한 막둥이 아들 생각에 흐르는 눈물을 제어할 수 없었다.

5월 초 따뜻한 봄날 나는 부모님과 큰형님을 모시고 독일 중부를 지나 남부 알프스까지 여행하고, 네덜란드 튤립밭도 관광했다.

"우리 막둥이를 낳고 딸 없는 서러움에 울었는데, 우리 막둥이 아들이 딸보다 백 배 더 낫네. 우리 동네 딸 가진 친구들 하나도 부럽지 않네."

엄마는 기쁨을 감추지 못했다.

"동네 사람들이 너를 그렇게 칭찬하더라만, 내가 보기엔 세상에서 너만큼 불쌍한 놈도 없다. 사람에겐 먹는 재미가 큰데 세상에 이 딱딱한 빵 쪼가리나 먹으면서 독일에 살고 있으니. 아이고, 아이고!"

아버지는 혀를 찼다.

어쩌다 외교관, 그러다 방랑자

아버지는 떠나는 날 함부르크 공항에서도 '딱딱한 빵 쪼가리'를 꺼내셨다. 먼 이국땅에서 살고 있는 막둥이 아들에 대한 사랑과 안타까움을 표현한 '아버지의 말'이라는 것을 어찌 아들이 모르겠는가.

부모님이 떠난 함부르크 공항은 슬픔이었다. 발길을 돌릴 수가 없었다.

"독일 어짜든가, 좋든가? 여기하고는 영 딴판이제?"

"독일 놈들이 말이여, 덩치는 산만 한데 먹는 건 무슨 소시지라는 것에다 딱딱한 빵 쪼가리나 깨작여. 어떻게 힘을 쓰는지 모르겠어. 독일이 우리보다 잘산다고 하는데, 먹는 것 보니 불쌍한 놈들이여."

아버지는 동네 가게에서, 마을 회관 노인정의 또래 어른들과 술자리에서 감질나게 독일 이야기를 꺼냈다. 한꺼번에 풀면 아버지의 주가가 떨어지리라 생각하여 조금씩 조금씩 감질나게 이야기보따리를 풀었다.

우리 섬 동네에 새로 부임한 학교 선생님과 파출소 경찰이 마을 회관 노인정을 방문하여 마을 어르신들께 인사드릴 때도 "섬마을에 산다고 우리를 무시하지 마시오"라는 기선 제압용으로 내 이야기가 단골 메뉴로 언급되었다고 한다.

"선생님, 우리 섬마을에도 인물이 있당게라. 여기 섬에서 초등학교, 중학교까지 나온 바로 옆에 있는 김 영감 막둥이 아들이 지금 독일에서 외교관으로 근무하고 있다요. 김 영감도 그 아들이 초청해서 작년에 독일에 다녀왔고."

"아이고, 아들 교육을 어쩜 그렇게 잘하셔서 독일에서 외교관으로. 어르신 대단하십니다."

"뭐, 내가 한 게 뭣이 있겠소. 다 지가 잘해서 그렇게 하고 있는 거지. 먼 외국서 고생하고 있는 것이 애비로서 좀 짠하기는 합니다만."

말은 겸손하지만, 막둥이 아들에 대한 자부심과 기선 제압에 성공했다는 뿌듯함이 아버지의 얼굴에 묻어 나왔으리라. 어쩌다 다른 이야기로 말이 길어져 내 이야기가 나오지 않으면 아버지는 '자네 지금 뭐하고 있는가?' 하고 옆자리 친구의 옆구리를 쿡 찔렀다.

"(알았어. 알아. 막 이야기하려던 참인데 영감이 성급하기는!) 우리여기 김 영감 막둥이 아들이 독일에서 외교관으로……."

거금도 섬마을 마을 회관 노인정 어르신들의 짜고 치는 고스톱이었다.

3.5년의 함부르크 근무를 마치고 본부로 귀임하였다. 컨테이너 이삿짐이 도착한 후 독일 백포도주 1박스를 들고 시골에 내려갔다. 마을 회관 노인정을 방문하여 동네 어르신들에게 인사를 드렸다.

"아이고! 우리 김 영감 막둥이 아들 아니여! 우리 섬마을 자랑이여, 자랑."

"장하구먼, 내 아들놈."

"빈손으로 올 수 없어 독일 백포도주를 가져왔는데 맛이라도 보시면 좋겠습니다."

"이것이 독일 술이여. 이런 귀한 것을. 오래 살다 보니 이런 덕을 다 보네. 아이고 참 우리 김 영감 막둥이 아들 장하시!"

노인분들에게는 위스키 같은 독주가 더 좋았을 텐데 하는 생각이 순간 스쳤다. 백포도주는 냉장고에 넣어 시원하게 마셔야 하는데 미지근한 상태라 더욱 마음에 걸렸다.

　　　　　　　　　　　　어쩌다 외교관, 그러다 방랑자

"아니, 이게 뭐여. 이것이 술이여? 술이 왜 이렇게 개심심하고 시금 털털하고. 이게 뭔 맛이여. 이것이 독일 술이여? 니 맘은 알겠다만 이런 술은 공짜로 줘도 못 마시겠다. 가져가그라. 저 윗목에 마시다 남은 소 주나 마셔야겠다. 소주가 좋아, 소주가…."

어쩌다 외교관,
그러다 방랑자

10

나의 Italiana & Italiano

나의 Italiana & Italiano

당초 우리 부부는 여름휴가 동안 독일 중남부와 오스트리아를 여행할 생각이었다. 이제 막 돌이 지난 어린 아들을 생각하여 무리하지 않는 휴가 겸 여행 계획이었다.

그러나 본부에 근무할 때 가깝게 지냈던, 주교황청 대사관에 근무하고 있는 동료 직원이 우리 가족을 로마로 초청하여 뜻하지 않게 이탈리아 로마까지 여름휴가의 외연이 확대되었다.

자동차로 함부르크에서 로마까지 곧바로 내려간다면 무리겠지만, 중간중간에 여행하고 쉬어 가는 나름대로 여유 있는 일정이라 큰 어려움이 없겠다 싶어 최종 목적지를 로마로 잡고 출발했다.

보리와 밀 수확이 끝난 북부 독일의 평평한 황금색 들판을 뒤로하

어쩌다 외교관, 그러다 방랑자

고 야트막한 산세를 제법 오르락내리락 운전하며 중부 독일을 지났다.

다음 날 점심 무렵에 도착한 독일 남부 지방은 북부 지방과는 사뭇 다른 분위기였다. 웅장한 알프스 바위산 아래 펼쳐진 푸른 목초지 언덕의 목가적인 풍광이 눈앞에 아름답게 펼쳐졌다.

독일 서남부 Schwarzwald(검은 숲, 흑림) 지역에서 발원하여 유럽의 주요 강 중에서 유일하게 서에서 동으로 흐르는 도나우강. 도나우강은 독일의 국경 도시 Passau(파사우)에서 인강과 일쯔강을 껴안아 제법 강답게 부풀린 몸집으로 오스트리아 땅에 접어든다. 산을 뚫고 계곡을 뱀 모양으로 구불구불 깎으며 아름답고 낭만 가득한 흐름을 만들어 낸다. 오스트리아 작곡가 Johan Strauss 2세의 왈츠 명곡 〈아름답고 푸른 도나우〉가 우리 가족의 눈 앞에 펼쳐진 것이다.

산언덕의 멋진 중세 고성이 내려다보는 도나우강 변의 작고 평화로운 마을에 있는 민박집(Zimmer Frei)에서 하룻밤을 보내며 우리 가족은 여행에 지친 몸과 마음을 달랬다.

오스트리아 Tirol(티롤) 지방을 지나 이탈리아의 Südtirol(남부 티롤)에 들어섰다. 회백색 암반의 웅장한 봉우리들이 이곳이 지상 세계가 아닌 천상 세계임을 자랑했다. 함부르크의 독일인 집주인이 나의 이탈리아 여행 계획을 듣고 강력히 추천했던 바로 그 Dolomite(돌로미티)였다. 많은 시인들이 돌로미티의 천하 절경에 매료되어 "신이시여, 나를 지상 세계로 보내 주시려거든 돌로미티 하늘 아래로 내려 주세요"라고 읊조렸을 것 같다. 두말할 필요 없는 알프스 최고의 풍경을 자랑하는 곳이다.

예약된 호텔은 기상천외의 기기묘묘한 봉우리들이 하늘색 호수 물에 투영되는 곳에 자리 잡고 있었다. 그것만으로는 부족한지 호텔에서 바라보는 돌로미티의 숨 막히는 풍광은 빛의 조화로 밝아졌다가 어두워지기를 반복했다. 오래지 않아 알프스에 노을이 찾아들었다. 노란색이 서서히 붉은색으로 변해 갔다. 시간만이 보여 줄 수 있는 위대하고 황홀한 연극이었다.

돌로미티가 있는 '남부 티롤'은 1차 세계 대전 이전 오스트리아-헝가리 연합 왕국의 영토인 '티롤'이었으나, 오스트리아-독일 연합군이 패전함으로써 '남부 티롤'로 분리되어 이탈리아 영토로 귀속되었다. 1차 세계 대전의 전선 지대였던 돌로미티는 헤밍웨이의 장편 소설 『무기여 잘 있어라』의 무대로도 유명하다.

한국 사람들은 알프스 하면 스위스를 떠올린다. 상당수는 알프스가 스위스에만 있다고 생각하기도 한다. 알프스는 독일, 프랑스, 스위스, 오스트리아, 이탈리아, 슬로베니아에 뻗어 있는 거대한 산맥이다. 오스트리아가 차지한 알프스의 면적이 가장 크고 풍광이 뛰어나기 때문에 사람들은 오스트리아를 '알프스 공화국'이라고 부른다.

그런 오스트리아의 알프스 중에서도 티롤 지방이 가장 웅장하고 아름다운데, 또 그중에서 남부 티롤의 돌로미티를 으뜸으로 꼽을 수 있다. 6·25전쟁 때 김일성이 곡창 지대인 철원 평야를 빼앗기고 나서 억울한 나머지 3일 동안 밥을 먹지 못했다는데, 돌로미티를 이탈리아에 빼앗긴 오스트리아 사람들은 3일이 아니라 최소 한 달 동안 억울하고 분해서 곡기를 끊고 잠을 이루지 못했을 것이다. 그만큼 천하절경이다.

돌로미티 등 남부 티롤 지방은 지금도 모든 안내가 독일어와 이탈리아어로 병기되어 있고, 독일어가 잘 통용되는 지역이기도 하다.

돌로미티에 어둠이 깔리자 산봉우리와 호수가 먹빛으로 변했다. 분위기 있는 호텔 레스토랑에서 저녁 식사를 마친 우리 부부는 이탈리아 커피 한 잔을 즐기려 했다. 한 살배기 아들이 유모차 안에서 편안하게 잠들었으니, 우리 부부 둘만의 여유롭고 편안한 시간이었다.

"coffee please."

웨이터는 새까만 곱슬머리를 가진 전형적인 이탈리아 청년이었다. 할리우드 영화배우 뺨치게 잘생긴 웨이터에게 영어로 커피를 주문했다.

"cappuci~no."

그는 어깨를 으쓱여 파도처럼 리듬을 타며 주문에 대답했다. 이탈리아 사람들이 아무리 영어를 못한다고 하지만 카페에서 일하는 사람이 coffee도 못 알아듣다니. 나는 인내심을 갖고 다시 한번 말했다.

"coffee please."

그는 좀 더 톤을 높인 애절한 목소리로 "cappuci~no"라고 말했다. ci에다 엑센트를 두고 길게 발음했다. 발음과 엑센트가 파도를 탔다. 어깨를 크게 으쓱이며 짓는 표정이 예술이었다. 이탈리아 사람들은 표정, 제스처 하나는 정말 타고났다.

'정말 미치겠네. 아니, coffee도 못 알아들어?'

나는 마침내 교과서 영어를 시도했다.

"a cup of coffee, please."

"cappuci~no."

그는 이제 울음 섞인 절망의 목소리로 대답했다. 더 이상 방법이 없었다.

"(당신 맘대로 가져오세요. 난 이제 모르겠으니 당신 맘대로.) OK, OK. Yes, Yes."

얼마 지나지 않아 웨이터가 커피잔을 테이블에 놓았다. 하얀 우유 거품 위에 계핏가루가 뿌려져 있었다. 처음 보는 것이었다.

"What is this?"

나의 물음에 그는 기다렸다는 듯 대답했다. 날아갈 듯한 후련한 목소리였다.

"cappuci~no."

카푸치노의 탄생지 이탈리아에서 카푸치노를 처음 만난 순간이었다.

이탈리아 여행 전, 함부르크에서 나는 보통의 필터 커피에 우유를 넣어 마셨다. 카페를 자주 가지 않아서 몰랐을 수도 있지만, 함부르크에서 카푸치노라는 이름을 들어 보지 못했다. Wiener Kaffee(비엔나 커피)의 대표 주자인 생크림을 가득 얹은 Melange(멜랑쥐)는 마셔본 적이 있었으나 카푸치노는 처음이었다.

하얀 우유 거품 위에 뿌려진 계핏가루를 보고 수도원 수사들의 후드가 달린 수사복(capuchin)이 연상되어 카푸치노라는 커피 이름이 탄생했다고 한다.

돌로미티를 통과하는 지방 도로는 대부분 중앙선 표시도 갓길 표시도 되어 있지 않다. 그냥 포장만 되어 있다. 심지어 로마로 내려가는 1번 고속도로(일명 태양 고속도로)도 군데군데 차선이 없다. 독일 도로

어쩌다 외교관, 그러다 방랑자

에 익숙한 나에겐 그런 도로 상황이 충격적이었으나, 달리다 보니 금세 익숙해졌다. 그냥 적당히 달리면 된다. 도로 표지판도 각종 지형지물을 이용해 담벼락에 붙이는 등 자유롭다. 독일과 오스트리아의 고속도로 간이 휴게소에서는 향기로운 풀냄새가 나는데, 이탈리아 고속도로 간이 휴게소에서는 오줌 지린내로 코를 뜰 수가 없다. 그것이 바로 이탈리아다.

바람 따라 구름 따라 정처 없이 떠돌며, 노래하고 싶으면 노래하고 춤추고 싶으면 춤추고 마시고 싶으면 마시고 사랑하고 싶으면 사랑하는 집시의 피가 이탈리아 사람들에게 녹아 있는 것 같다.

이탈리아 사람들은 독일을 유럽 내 최고 '모범 국가'로 부른다. 반면 독일 사람들은 이탈리아 사람들을 '인생을 즐기는 사람'이라고 부른다. 독일 사람들은 인생을 즐기는 이탈리아 사람을 부러워하지만, 이탈리아 사람들은 독일을 모범 국가로 칭찬하면서도 부러워하지 않는다.

클레오파트라가 부럽겠냐. 엘리자베스 테일러가 울고 가겠다. 모니카 벨루치도 두 손 들고 도망가겠네. 마를린 먼로가 명함도 못 내밀겠네. 양귀비가 뭐란 말이냐. 처음 들어본 이름이로다. 세류 같은 가녀린 몸으로 녹음방초 우거진 광한루 그네에서 한들거리는 춘향이도 울고 가겠다.

그녀가 집을 나선다. 문지방이 떨린다. 엘리베이터도 떨고 있다. 푸르름을 자랑하는 나무 이파리도 숨을 죽인다. 이 세상의 살아 있는 모든 것이 그녀의 황홀한 미색에 숨을 멈추고 맥을 쓰지 못하고 있다.

"누가 내 차를 가로막았지? 출근길이 급한데. 우리 아파트 옆집 사람 차 같은데."

그녀는 엘리베이터를 타고 다시 올라가 옆집 초인종을 누른다. 할리우드 영화배우 리처드 기어보다 더 멋진 30대의 이탈리아 매력남이 음흉한 미소와 함께 문을 연다. 세기적인 미남미녀의 눈이 불꽃이 되어 이글거린다.

"제 차 앞을 가로막고 있는 차가 혹시 당신 건가요?"

그녀가 묻는다.

"예, 예, 제 차입니다만. 잠시 들어오세요. 제가 만든 카푸치노 한잔하고 가세요."

"아니요, 시간이 없어요. 당장 차를 빼 주세요. 출근길이 급해요."

"5분, 아니, 3분이면 돼요. 인생을 즐겨야지요. 같이 카푸치노를 마셔 주면 제가 바로 차를 빼 드릴게요."

5초 사이에 두 남녀의 치열한 탐색전과 신경전이 펼쳐진다. 이탈리아 매력남의 음흉한 미소와 눈 돌림이 절정을 향해 달려간다.

"좋아요. 카푸치노 한 잔이에요. 딱 3분입니다."

"예, 좋습니다. 좋고 말고요."

카푸치노를 마시는 3분 동안 이탈리아 남자는 향기 너머로 눈동자를 이리 돌리고 저리 돌리며 그녀의 천상천하 유일한 미색을 희롱한다.

"이제 다 마셨으니 빨리 차 빼주세요. 출근길이 급해요."

"Leider habe ich kein Auto(미안합니다만 저는 차를 가지고 있지 않은데요)."

독일 커피 회사 Jacobs의 신상품 Cappuccino가 화면에 나타났다 사라진다. 독일에서 공전의 히트를 친 카푸치노 광고였다.

프랑크푸르트 외곽 Taunus 산자락 아래에 Oberursel(오버우젤)이 라는 조용하고 아름다운 도시가 있다. 프랑크푸르트 국제 학교가 자리 잡고 있어 우리 공관 직원은 물론 기업지상사 주재원들이 많이 살고 있다.

우리 집에서 300m 정도 거리에 이탈리아 사람이 운영하는 Golfo 라는 이탈리아 피자 식당이 있다. 고급 식당은 아니고, 주로 피자와 파 스타를 요리하는 보통 식당이다. 그 집 피자가 정말 대단했다. 한 마디 로 문전성시라, 식당은 언제가 앉을 자리가 없었다.

피자를 50만 개 이상 구웠다는 이탈리아 남자의 손놀림이 현란했 다. 미리 찐빵 모양으로 만들어 놓은 밀가루 반죽은 그의 손에서 서너 번 공중 돌기를 마치면 납작해진다. 거기에 손이 보이지 않을 정도로 빠르게 토핑을 올리고 화덕에 집어넣은 다음 1분에서 플러스마이너스 1초의 오차 범위 내에 피자를 단번에 꺼내어 접시에 담는다. 그야말로 신의 경지에 도달한 피자의 달인이다.

Golfo 식당의 피자 중에서 우리 가족을 유혹한 것은 단연코 안초 비 피자(멸치젓갈 피자)였다. 짜기는 하지만 누구도 흉내 낼 수 없는 천 상의 맛이었다. 특히 나와 내 아들이 젓갈 피자를 좋아했다. 피는 속일 수 없는 모양이다.

젓갈은 뭐니 뭐니 해도 내 고향 남해안의 멸치젓갈이 으뜸 중의 으 뜸이다. 천하 진미가 따로 없다. 요즈음 서울 시장에 나오는 달달한 오 징어젓, 창난젓은 젓갈이라고 할 수도 없다. 젓갈 하면 전라도 남해안 거금도의 멸치젓갈이 단연 최고다. 봄철에 바다에서 막 잡아 올린 멸 치는 눈이 부실 정도로 은빛이다. 깨끗한 소금을 넣고 버무려 항아리에 담아 1년 정도 숙성시킨 멸치젓갈은 발효 음식의 황제라고 할 수 있다.

이탈리아의 멸치젓갈은 멸치를 하나하나 필레 떠 가지런히 눌러 담는 방식인데, 맛을 내는 방법이 두 가지로 나뉜다. 하나는 소금과 올리브유를 넣어서 담는 것, 다른 하나는 여기에 빨간 고추씨를 추가하는 것이다. 당연히 고추씨가 가미된 젓갈이 약간 더 비싸다. 올리브유가 들어가 약간 미끈한 감이 있지만, 풍미는 내 고향 거금도 멸치젓갈과 큰 차이가 없다.

나는 독일에서 내 고향 거금도의 바다 향기가 그리울 때면 이탈리아의 멸치젓갈로 고향의 그리움을 달랬다. Golfo에서 젓갈 피자를 먹을 때도 같은 마음이었다.

마늘을 양념으로 사용하는 나라는 대체로 음식 문화가 발달했다고 한다. 고약한 마늘 냄새에 정색하고 내팽개치고 눈길 한 번 주지 않는 사람들이 무슨 음식 문화를 발달시킬 수 있겠는가. 마음 자세가 틀려먹었다. 고약한 냄새를 풍기는 마늘을 버리지 않고 어떻게든 양념으로 사용하려 노력하는 사람들 덕분에 음식 문화가 발달했다고 할 수 있다. 마늘을 음식 재료로 즐겨 사용하는 이탈리아 사람과 한국 사람은 그런 면에서 닮았다.

독일의 경우 마른 마늘을 꼬아 집에 걸어 놓기도 한다. 마늘이 잡귀를 물리쳐 준다는 미신도 있고, 마늘 꾸러미는 생각보다 멋진 장식이 되기도 한다. 독일 사람들도 마늘에 대한 기호가 좀 달라져서 건조된 분말 마늘 가루를 양념으로 사용하는 가정이 늘어나는 추세다.

어쩌다 외교관, 그러다 방랑자

1960년대 독일 경제 부흥기, 최초의 외국인 손님 노동자는 이탈리아 사람이었다. 산업이 발달한 북부 이탈리아에 비해 농업 지역인 남부 시칠리아는 빈곤했다. 남부 시칠리아 사람들은 손님 노동자로 독일(서독) 땅을 밟아 주로 3D 업종에 종사했다. 육체적인 일이 힘들 뿐만 아니라, 그래도 명색이 유럽 사람인데 독일 사람 밑에서 궂은일을 하는 것도 자존심 상했다. 그래서 거의 모든 이탈리아 손님 노동자들이 계약 기간이 종료된 후 더 이상 연장하지 않고 이탈리아의 자랑인 요식업으로 생업을 전환했다. 또한, 가족을 독일로 초청하여 식당을 키워 나갔다. 이와 같은 배경으로 유럽의 다른 나라보다 독일에 이탈리아 사람이 직접 운영하는 이탈리아 레스토랑이 번창하게 되어, 이탈리아 본토에 결코 뒤지지 않는 이탈리아 음식을 자랑할 수 있게 되었다.

함부르크 총영사관과 가까운 거리에 있는 이탈리아 식당에서 공관 한국인 직원들과 점심을 같이 하는 동안 나의 이탈리아 허풍은 절정을 향해 달려가고 있었다. 이탈리아 종업원에게 prego, prego, gracie를 연발하고 이탈리아어로 된 메뉴판을 옥구슬 같은 발음으로 읽었다 (사실은 엉터리지만, 그럴듯하게 흉내 낸다). 점심을 같이하는 우리 직원들은 나의 이탈리아어 허풍을 잘 알고 있었다.

"저는 이탈리아어를 너무 잘해서 문제에요. 옥구슬이 따로 없어요."

"부총영사님. 그렇게 이탈리아어를 잘하시는데 왜 한 번도 이탈리아에서 근무할 기회가 없었나요. 본부가 크게 잘못하고 있는 것 아닌가요?"

"이탈리아어를 원어민보다 더 잘하기 때문에 그런 거예요. 한 번 생각해 보세요. 저의 이탈리아어는 외국어가 아니라 모국어를 뛰어넘는 수준 아닙니까? 제가 이탈리아 대사관으로 발령이 나면 대사관이 그냥 쑥대밭이 될 겁니다. 대사관에 근무하는 현지 이탈리아 직원이 자기보다 이탈리아어를 더 완벽하게 하는데 어떻게 버티고 있겠어요. 자존심도 상하고 할 일도 없다며 그냥 사표 쓰고 나갈 겁니다. 서울에서 온 우리 외교관들도 이탈리아어 기초라도 배워야겠다고 시작했다가 원어민을 뛰어넘는 저의 이탈리아어 실력에 기가 죽어 전의를 상실해 버리지 않겠습니까. 그러니 본부가 어떻게 저를 로마로 보내겠어요. 그래서 한 번도 이탈리아에서 근무하지 못하고 있는 겁니다."

소변을 참아 가며 깔깔거리며 웃느라 정신이 없었다. 하지만 더 이상 참을 수 없어 지하 화장실로 정신없이 달려갔다. 지하 화장실 문에는 아무런 표시 없이 이탈리아어로 Senore와 Senora가 나란히 부착되어 있었다.

"Senore가 남자 화장실인가, 아니면 Senora가 남자 화장실인가. 도무지 모르겠네. Senore가 남자 화장실 같은데. Senora가 아닐까. 미쳐 버리겠네. 어떻게 하지, 큰일 났네. 이거 어떻게 하지. 급한데 둘 중의 하나로 들어가 버릴까? 아니야 그렇게 했다가 잘못 들어가면 외교관이 뭔 망신이야. 망신으로만 끝나면 좋게, 잘못되면 진짜 문제 될 수도 있는데. 정말 급한데, 터질 것 같은데. 옷에다 쌀 것 같은데."

그때 Senora 문이 열리고 한 젊은 여성이 위층 레스토랑으로 올라갔다.

나는 외쳤다.

"김 봉사 눈떴네, 김 봉사 눈떴네. 이제 살았네."

어쩌다 외교관, 그러다 방랑자

11

아픈 고통, 그러나 희망을

아픈 고통, 그러나 희망을

1993년 어느 봄의 주말, 나는 그동안 바쁘다는 핑계로 계속 미루어 왔던 일을 행동으로 옮기기 위해 큰마음 먹고 A7 아우토반을 달렸다. 먹구름 가득한 하늘이 금방이라도 비를 쏟을 듯한 우중충하고 우울한 날씨였다.

주말 오전 아우토반을 질주하는 저 많은 차들은 무엇을 위해 어디로 가고 있을까. 그리움을 품고 가족이나 친구를 만나러 가는 길일까. 설렘을 싣고 나들이 가는 길일까. 아니면 주말에도 먹고 살기 위해 달리는 걸까.

나는 가족과 함께 주말 나들이를 가고 있었다. 그러나 하나도 설레고 기쁘지 않았다. 무거운 무언가에 가슴이 짓눌리고 있었다.

고속도로 휴게소에서 Bismarck Quelle(비스마르크 생수) 1병을 마시며 잠시 따뜻한 봄 향기를 즐겼다. Bismarck Quelle 생수병을 만지작거리며 독일 제국(제2제국) 비스마르크 수상에게 말을 걸었다.

"당신 손자들은 훌륭한 할아버지를 만나 가만히 앉아서 물장사로 떼돈 벌고 있군요. 당신 사진이 생수병 가운데 크게 붙어 있고 그 밑에 Bismarck Quelle라고 인쇄된 상표가 있네요. 손자들이 할아버지의 이름을 팔아먹고 있는 것 같지만, 달리 생각하면 자손들이 할아버지를 잊히지 않고 영원히 살아 있는 사람으로 만들고 있어요. 손자들은 할아버지 덕분에 편히 돈 벌어서 좋고, 할아버지는 손자들 덕분에 죽어도 죽지 않고 독일 사람들 사이에 영원히 살아 있어서 좋고. 이거야말로 상부상조 아닌가요. 당신은 독일 역사책의 몇 페이지를 차지하는 것만으로는 만족하지 못한 모양입니다. 죽어서도 독일 사람들의 따뜻한 손을 그리워하는 걸 보니."

"독일 황제 Wilhelm 2세로부터 그동안 고생했다고 선물 받은 영지에서 양질의 생수가 나올 줄 누가 알았겠습니까. 어느 날 영지의 숲을 산책하다가 그 생수를 발견하였소. 가뭄에도 마르지 않고 샘솟는 단물을 말이오."

"예, 저도 함부르크와 경계를 이룬 당신의 영지 Sachsenwald(작센발트)를 방문한 적 있습니다. 빌헬름 2세와 당신의 관계가 별로 좋지 않지만, 할아버지 빌헬름 1세와 함께 독일 제국을 세우고 30년이나 '영원한 수상', '세습 교사'로 봉사한 당신의 업적을 기려 그래도 좋은 땅을 하사한 것 같습니다. 저는 또한 당신이 영면에 든 Friedrichruh(프리드리히루)의 영묘도 가 봤고, 당신의 인생을 후세에 소개하는 박물관도 둘러봤습니다."

"아이고, 감사합니다. 한국 외교관이 나를 잊지 않고 찾아 주시니. 그런데 당신 나라 한국에서는 나를 어떻게 평가하고 있나요?"

"보불 전쟁을 승리로 이끌어 분열된 독일을 통일시켰으며, 강력한 독일 제국 건설을 위해 '철혈 정책'을 역설하고 추진한 수상으로 고등학교 세계사 수업에서 배웠습니다."

"동쪽 변방에 불과한 프로이센을 강력한 왕국으로 키우고, 프로이센 주도로 갈가리 분열된 독일을 하나로 묶어 강력한 제국을 만들어야 했으니 그런 정책이 필요하지 않았겠습니까. 절대 왕정과 강력한 상비군을 가진 무적의 프랑스와 영국에 비하면 독일은 후발 주자인 데다 힘이 부족했습니다. 그런 나라들과 단숨에 어깨를 나란히 하기 위해 강력한 정책이 필요했지요. 한 마디로 당시 프로이센 왕국이 필요했던 시대정신이었습니다. 그러나 그게 다는 아닙니다. 독일 제국의 부국강병을 위해, 민생을 위해 다른 일도 많이 했습니다. 당신이 앞에서 언급한 바와 같이 수상을 30년 가까이 했는데 얼마나 많은 일이 있었겠어요. 골치 아픈 일도 많고 아슬아슬한 상황도 정말 많았지요."

"현대 복지 국가 독일의 모태가 되는 연금, 실업, 건강 보험 등 사회 보장 정책이 당신의 지도력 하에 시행되었다는 사실이 참 대단합니다. 현세를 사는 독일 사람들이 사회 보장 정책의 태두로 당신을 긍정적으로 평가하고 있습니다.

많은 사람들이 보불 정책, 철혈 정책 등 당신의 강경한 모습만 보고 있는데, 당신은 수상이 되기 전 프로이센 왕국의 외교관으로 많은 경력을 가지고 있지 않습니까. 독일 제국의 안정화를 위해 수상으로서

어쩌다 외교관, 그러다 방랑자

프랑스 고립 정책 등 현상 유지 정책을 외교의 가장 중요한 정책으로 추진하지 않았습니까. 전쟁을 좋아하는 사람이 아니라, 외교력으로 유럽 열강의 세력 균형을 추구하고 평화를 유지하기 위해 노력했다고 알고 있습니다."

"예, 좋은 말씀 감사합니다. 철혈 정책과 보불 전쟁 등 일부 전쟁은 독일 제국을 세우기 위해 어쩔 수 없는 일이었습니다. 그러나 전쟁은 가능한 발발하지 않도록 해야 합니다."

"역사에 만약이라는 가정은 있을 수 없지만, 당신이 실각되지 않고 빌헬름 2세와 끝까지 같이 했더라면 1차 세계 대전이 발발하지 않았을지도 모르는데."

"전쟁을 막았을지, 아니면 굴복하고 전쟁의 소용돌이에 빠졌을지 단언할 수 없습니다. 하지만 빌헬름 2세가 독일 제국의 힘을 믿고 젊은 혈기에 자만한 것은 엄연한 사실이지요. 어떻게 전쟁을 쉽게 생각합니까. 전쟁이 어디 애들 장난입니까. 1914년 6월 오스트리아 황태자 부부가 보스니아 순행 중 사라예보에서 세르비아 극우 민족주의 청년에게 저격당해 사망했는데, 이 일은 이미 예견되어 있었어요. 그런 위험한 곳은 처음부터 가지 말았어야 했습니다. 나는 겁쟁이가 아니다, 무섭지 않다며 상대방을 자극하니 그런 비극이 발생한 것입니다.

당시 오스트리아는 독일 제국의 절대적인 지지 없이는 전쟁을 수행할 능력이 되지 않았습니다. 그런데 독일 제국이 전쟁을 지지해 달라고 베를린을 방문한 오스트리아 특사에게 최후의 동맹국으로 오스트리아를 전폭적으로 지지하겠다는 백지 위임장을 주었으니 전쟁이 일어난 게 아니겠습니까. 그때 독일 제국이 오스트리아 특사에게 단호하게

No 했더라면 1차 세계 대전은 일어나지 않았을 겁니다."

"7월 독일 제국의 참전으로 1차 세계 대전이 발발했을 때 빌헬름 2세는 전장에 나가는 젊은 병사들이 낙엽이 떨어지기 전에 고향으로 복귀하게 될 것이라는 황당한 장밋빛 이야기를 했다면서요. 자기는 휘황찬란한 궁의 안락의자에 앉아 산해진미를 즐기면서."

"전쟁이란 일으키기는 쉬워도 종결하기는 어려운 것입니다. 내가 하늘나라에서 지켜보았는데 멀리 갈 필요도 없습니다. 당신의 나라 한반도에서도 한국 전쟁이 3년이나 지속되지 않았습니까. 베트남 전쟁은 또 어떻고요. 이란-이라크 전쟁은요?"

"전쟁을 그렇게 쉽게 생각하면 안 됩니다. 그렇고 말고요. 금방 끝날 거라고 호언장담했던 전쟁이 4년 넘게 지속되지 않았습니까. 오스트리아 황태자 부부 암살로 1천만 명이 넘는 꽃다운 젊은이들이 전장의 이슬로 사라지지 않았습니까. 히틀러의 잔악상으로 2차 세계 대전이 부각되어서 그렇지, 근대 과학 기술에 의해 개발된 신무기들로 대량 살상과 파괴가 감행된 1차 세계 대전이 인류 역사상 최악의 전쟁 아니겠습니까?"

"아까운 젊은이들이 파리 목숨보다 못하게 죽어 나간 최악의 비극이었지요. 빌헬름 2세는 죽어서도 편히 잠을 이루지 못할 겁니다. 수백만의 젊은 영혼이 꿈에 나타나 아우성칠 테니까요. 전쟁을 피하고 평화를 유지했더라면 그 아까운 목숨도 다 살고, 독일 제국도 번영하고, 국민의 삶도 개선되었을 텐데. 전쟁을 우습게 생각하고 사람의 목숨을 가볍게 본 지도자 한 사람의 잘못된 판단으로…"

"미증유의 세계 전쟁을 일으켜 인류에게 헤아릴 수 없는 고통을 안

긴 독일 제국의 운명이지만, 그들은 베르사유 조약으로 감당할 수 없는 벼랑 끝에 몰리지 않았습니까. 영토의 7분의 1일이 할양되었고 약 1,300억 마르크라는 천문학적인 전쟁 배상금이 부과되었으니 독일이라는 나라가 어떻게 되겠습니까. 살아 있어도 산목숨이 아닙니다. 죽은 목숨이지요. 산송장이 따로 없지 않습니까?"

"11월 혁명으로 빌헬름 2세가 망명길에 오르고, 생존권이 명시된 가장 진보된 헌법을 가진 바이마르 공화국도 정정 불안과 극심한 경제난에 속절없이 무너지고, 히틀러의 제3제국이 합법적으로 독일 국민의 지지를 받아 탄생했으니 역사의 아이러니가 아니겠습니까?

역사는 단절된 것이 아닙니다. 흐르는 물이지요. 모두 얽히고설킨 실타래처럼 연결되어 있습니다. 독일 제국(제2제국) 탄생 – 1차 세계 대전 – 바이마르 공화국 – 나치(제3제국) – 2차 세계 대전. 역사의 수레바퀴는 그렇게 맞물려 돌아가는 것을…"

"그나저나 어디로 가는 길입니까?"

"Bergen-Belsen(베르겐-벨젠)으로 가는 길입니다."

"예? Bergen-belsen을? 어떻게 알고 거기에 가십니까?"

"진즉부터 갈 생각을 하고 있었습니다. 바쁘다는 것은 그저 핑계고, 사실은 용기가 나지 않았어요. 거기 가는 것이 무서워서 미루고 있었습니다. 오늘 마침내 용기를 내서 가는 길입니다만 역시 쉽지 않네요. 다른 때 같으면 10분만 쉬고 다시 출발했을 텐데, 오늘은 이래저래 마음이 복잡한 데다 당신과 대화하느라 벌써 30분 넘게 이렇게 앉아 있잖아요."

"살면서 나치 잔악상을 경험하지는 않았지만, 하늘나라에서 끓어오르는 분노와 함께 지켜봤습니다. 당신 마음 충분히 이해합니다. 쉽지 않은 발걸음이겠지요.

나치 유대인 강제 수용소 중에 Bergen-belsen 수용소가 가장 비참한 수용소였습니다. 폴란드에 있는 아우슈비츠 같은 독가스실은 없지만, 가장 지저분한 수용소로 약 3만 7천 명에 달하는 유대인 수감자가 기아와 질병으로 죽었어요. 시체는 모두 집단 매장되었고요. 처음에는 전쟁 포로와 다른 수용소로 가는 유대인을 임시로 수용했었는데, 다른 수용소가 넘쳐나다 보니 전쟁이 끝날 무렵에는 그 좁은 곳에 약 4만 명까지 수용됐다고 합니다. 그중 3만 7천 명 정도가 죽었으니 거의 몰살당했다고 해도 틀린 말이 아니지요.

『안네의 일기』를 쓴 Anne Frank(안네 프랑크)가 전쟁이 끝나기 얼마 전인 45년 3월에 언니 Margot(마르곳)과 함께 거기서 죽었으니 그 비참함과 애통함을 어떻게 말로 다 표현할 수 있겠습니까.

Bergen-belsen 수용소에 가면 밖의 풀밭에 Anne와 Margot을 추모하는 검은색 돌비석이 있습니다. 당연히 무덤은 아니고요. 모두 집단 매장되었는데 개별적으로 시신을 묻은 무덤이 어디 있겠어요. 『안네의 일기』로 안네가 유명한 사람이 되다 보니 추모를 위해 묘비석을 세워둔 것이지요. 안네의 묘비석에 가면 항상 방문객이 가져온 꽃들이 놓여 있답니다."

나는 마침내 고속도로 휴게소를 벗어났다. 곧 비가 쏟아질 것 같은 하늘을 쳐다보며 Bergen-belsen을 향해 가속 페달을 밟았다. 그렇게 독일 역사의 암흑으로 돌진했다.

회색의 콘크리트 건물인 수용소 건물은 박물관으로 개조되어 방문객을 기다리고 있었으나, 그 건물은 죽음의 건물이었다. 4만 명의 죽음이 나를 기다리고 있었다. 벽에 붙은 처참한 유대인 난민의 해골이 나를 반겼다. 푹 파인 눈을 마주할 수 없었다. 고통이었다. 눈물이 흘러내려 앞이 뿌옇다. 사진 속의 비참하고 처참한 고통이 58년 전 바로 이 자리에 있었다니 가슴이 뛰고 다리가 떨렸다.

안네, 이제야 당신 앞에 섰습니다.

나는 당신의 일기를 고등학교 때 읽었습니다. 너무 힘들었습니다. 눈물 때문에 도저히 읽을 수가 없었습니다. 하지만 눈물과 한숨과 분노로 마음을 다잡고 두 번을 끝까지 정독했습니다. 그리고 이제야 당신 앞에 섰습니다.

함부르크에서 이곳 Bergen-belsen까지 150km도 되지 않습니다. 자동차로 1시간 반이면 충분한 거리입니다. 그러나 저는 오지 않았습니다. 무서웠습니다. 당신과 함께 비참하게 스러져 간 영혼을 마주할 용기가 없었습니다.

신은 마침내 나에게 용기를 주었습니다. 어젯밤 그리고 오늘 당신에게 오면서 증오와 편견이 없는 더 나은 세상을 향한 당신의 희망과 갈망을 생각했습니다.

나치는 당신의 소중한 생명을 앗아갔지만, 당신은 우리 모두의 가슴속에 영원히 살아 있습니다. 당신은 그렇게 비참하고 고통스럽게 갔지만, 역사상 가장 암울한 시기를 고발한 당신의 일기는 우리 곁에 있습니다. 전 세계인의 양심을 환히 밝히고 있습니다. 당신은 2차 대전에 희생되었지만,

당신의 역사는 살아남았습니다.

　안네의 일기는 안네의 마음입니다. 당신의 마음은 시대를 초월한 강력한 기록입니다. 슬픈 희망을 노래한 당신의 일기는 60년 초 우리나라에서 번역되어 지금까지 읽히고 있습니다. '죽지 않고 살아서 이 지옥의 수용소를 벗어나게 된다면 나는 유대인이 아니라 한 인간으로 살고 싶다'라는 당신 일기의 한 구절이 생각납니다. 당신의 영혼에 평화가 항상 함께하길 기도합니다.

– 안네의 묘비석 앞에서

　　　　　　　　　　　　　　　　　　　어쩌다 외교관, 그러다 방랑자

12

이것이 인생이다

이것이 인생이다

"신사 숙녀 여러분 안녕하십니까. 만물이 생동하는 따뜻한 봄이 찾아왔습니다. 겨우내 움츠렸던 나뭇가지에 연녹색의 새싹이 돋고 예쁜 꽃들이 피어났습니다. 춘정을 이기지 못하고 여기저기 새들이 노래하고 벌과 나비가 춤을 춥니다. 춘추가절(春秋佳節)이 따로 없습니다. 이 아름다운 날 백년가약을 맺는 영광스러운 자리에 부족한 제가 주례를 맞게 되어 무한한 영광으로 생각합니다. 가방끈이 좀 있고 말하는 솜씨가 있다며 주례를 맡아 달라고 해서 고민 끝에 수락했습니다만, 막상 이 자리에 서니 잘할 수 있을지 걱정이 태산 같습니다."

'독일어 실력이 짧으니 주례사를 쉽고 간단하게 하기로 했는데, 저 사람 약속과 달리 처음부터 거창하게 나오네. 왜 저러지. 마이크 앞에 서더니만 말하기 좋아하는 사람의 본색이 드러나는구만. 문자도 써 가

어쩌다 외교관, 그러다 방랑자

면서 은근히 자기 자랑도 하고 말이야. 골치 아프네. 저런 말을 어떻게 독일어로 통역하지. 큰일 났네.'

"저는 2년 전 파독 광산 근로자로 신랑과 함께 같은 비행기를 타고 Duisburg(두이스부르크)에 도착하여, 오늘까지 Glück Auf를 외치고 지하 탄광을 오르락내리락하며 함께 일하고 있습니다. 신랑은 기쁨도 괴로움도 그리움도 함께 나누는 살가운 동료이자 친구입니다. 오늘의 주인공인 아름다운 신부는 1년 전 파독 간호사로 독일 땅을 밟았습니다. 지금은 Duisburg 바로 옆 도시인 Essen(에쎈)의 시립 병원에서 근무하고 있습니다. 두이스부르크와 에쎈을 오가는 가슴 절절한 사랑이 결실을 맺어 마침내 오늘 부부의 연을 맺게 되었습니다."

'간단하게 주례사 한다고 할 때는 언제고. 임자 만났구만 임자 만났어. 그냥 혼자서 이야기 다 하고 있네. 북 치고 장구 치고. 신이 났구만 신이 났어. 그나저나 이를 어쩌지. 어떻게 통역을 하지. 이 짧은 독일어 실력으로. 미치겠네.'

"부부가 되려면 억만 겁의 인연이 겹겹이 쌓이고 쌓여야 한다는데, 오늘의 신랑 신부에게는 한국에서 쌓인 인연만으로는 부족했나 봅니다. 이역만리 독일 땅까지 와서 평생의 동반자를 찾았으니 그 인연의 뿌리가 얼마나 깊겠습니까. 검은 머리가 파뿌리 될 때까지 인생의 동반자로 해로하시길 축원 드립니다.

그러나 한편으로는 낳아 주시고 금이야 옥이야 키워 주신 양가 부모님은 물론 형제자매와 일가친척 모두 이 고귀하고 축복 가득한 자리에 함께하지 못해 안타까운 마음을 금할 길이 없습니다. 부모님을 모시지 못한 신랑 신부의 아픈 마음을 우리가 어떻게 헤아리겠습니까. 자식

결혼식에 참석하지 못한 부모의 마음은 오죽하겠습니까. 하지만 당신 곁에 같이 독일 땅을 밟은 동료 광부, 간호사들이 있지 않습니까. 우리의 축복이 작은 위로가 되기를 바랍니다.

결혼식에 참석한 하객을 대표하여 신랑 신부에게 신의 자애로운 은총이 항상 함께하길 축원하며 이만 주례사를 마칠까 합니다. 끝으로 오늘 이 뜻깊은 자리에 독일인 광산 책임자와 병원 관계자도 여러분 참석해 주셨습니다. 진심으로 감사드리며 사회자가 참석한 독일인 하객을 위해 저의 주례사를 통역해 드리겠습니다."

'나의 짧은 독일어 실력으로 어떻게 저렇게 장황하고 복잡한 주례사를 통역할 수 있겠어. 말도 안 돼. 광산 근로자로 와서 맨날 탄광에서 일만 했는데. 독일 생활이라고 해 봤자 고작 2년밖에 되지 않았는데 내가 무슨 재주로 주례사를 통역할 수 있겠어. 통역을 잘할 거라고 기대하는 사람들이 이상한 거지. 하여튼 부부가 곁눈질하지 말고 앞만 보고 검은 머리가 파뿌리 될 때까지 평생 해로하라는 것이 주례의 메시지 아니겠어. 그러니 요약해서 Einbahnstraße immer geradeaus(일방통행로로 계속 직진)라고 하면 되겠지. 그래그래. 정말 기가 막힌 아이디어다. 이렇게 한 방에 끝내 버리자'

"바쁘신 가운데 오늘 결혼식에 참석하여 자리를 빛내 주신 하객 여러분께 신랑 신부를 대신하여 진심으로 감사의 말씀을 드립니다. 오늘 특히 독일인 하객도 상당수 참석해 주셨습니다. 주례 선생님께서 신랑 신부를 위해 피가 되고 살이 되는 금과옥조 같은 좋은 말씀을 많이 해 주셨습니다. 주례 선생님의 주옥같은 주례사를 하나도 빠짐없이 통역하고 싶은 마음 간절하오나, 광산 일이며 병원 일로 숨도 못 쉴 정도로 바쁘신 독일인 하객들에게 시간은 곧 금이기 때문에 절약을 위해 최대한 간단하게 압축하여 통역하고자 하오니 널리 혜량하여 주시기 바랍니다. Einbahnstraße immer geradeaus!"

그렇게 사회자는 외쳤다.

"자네 참 대단하네. 독일에 온 지 2년 조금 지났는데 벌써 그 어렵다는 운전면허증을 따다니. 또 이렇게 Käfer(딱정벌레)로 불리는 Volkswagen 자동차도 구입해서 몰고 다니고 있잖아."

"운전면허 시험은 그냥 악으로 깡으로 공부해서 얼떨결에 된 거야. 이 자동차도 중고 중의 중고고. 그냥 싸게 하나 건진 거지. 그래도 살 때 전체적으로 한 번 손 봤더니 지금까지 그런대로 고장 없이 잘 굴러가네."

"중고면 어때서. 같이 온 광산 근로자 중에 자네처럼 운전면허증 따고 차 끌고 다니는 사람이 몇이나 된다고. 그런데 저기 저 앞에서 경찰이 음주 단속을 하는 것 같은데? 자동차를 줄줄이 세우잖아. 큰일 났네. 우리 조금 전에 맥주 한잔하지 않았는가. 하필이면 재수 없게. 큰일 났네. 이 일을 어쩌지?"

"걱정하지 말고 방법을 찾아보세."

"무슨 방법이 있는가?"

"내가 이런 상황에 대비해서 나름대로 준비한 게 있는데, 이걸 한번 시도해 보자고."

"뭘?"

"내가 생마늘을 몇 개 차에 넣고 다니는데, 이 생마늘을 씹어 먹고 경찰 얼굴에 불면 뒤로 나자빠지지 않을까? 독일 사람들은 마늘 냄새를 시체 썩는 냄새보다 더 지독하게 여긴다는데. 오늘 처음 시도해 보는 거지만, 별다른 방법이 없지 않은가. 밑져야 본전 아니겠는가? 이번에 생마늘이 효과를 발휘하지 못하면 강도를 높여 핵폭탄급인 오징어포, 상어포를 서울에서 받아 가지고 다녀 볼까 하네. 그거면 독일 경찰을 전멸시킬 수 있지 않겠는가? 하여튼 지금은 생마늘뿐이니 생마늘을 믿어 보는 수밖에."

우리 용감한 광산 근로자는 술 마셨냐고 물어보며 음주 측정을 시도하는 독일 경찰에게 "Onkel Onkel, bitte einmal Augen zu(작은아버지 작은아버지, 눈 감아 보세요)"라고 말하며 얼굴에 생마늘 냄새를 후~ 불었다. 갑작스러운 생마늘 악취 테러에 독일 경찰은 비명과 함께 나자빠졌다.

"저기 저 동양 사람. 입에서 도저히 견딜 수 없는 역겨운 냄새가 나. 지독한 냄새야. 무슨 냄새인지 잘 모르겠어. 저런 지독한 냄새를 맡으면서 음주 측정을 어떻게 해. 그리고 정말 황당한 게, 저 동양 사람이 나를 작은아버지라고 부르면서 눈을 감아 보라고 해. 저 사람 왜 이러지? 미친 사람 아니야! 내가 왜 자기 작은아버지야? 이게 말이 돼?"

"저 사람 입에서 풍긴다는 악취도 문제지만, 당신을 작은아버지라고 부르면서 눈 감아 보라고 하는 게 이해가 되지 않아. 눈 감은 사이에 우리에게 무슨 위해를 가할 수도 있을 것 같아. 저 사람은 측정하지 말고 그냥 보내 버리자고. 이상한 사람이야. 괜히 건드렸다가 골치 아플 수도 있어."

"그래. 나도 같은 생각이네. 그냥 보내 버리자고."

우리 교민은 독일 경찰에게 잘못을 봐달라(눈감아 달라)는 의도로 말하려 했다. 그런 경우에는 Bitte drücken Sie einmal Augen zu로 표현해야 하는데, 짧은 독일어 실력 때문에 그러지 못하고 Bitte einmal Augen zu(눈 감아 보세요)라고 한 것이다.

만약 우리 교민이 정확하게 표현했다면 오히려 불리했을 것이다. 술 마신 사실을 인정하는 꼴이라, 더더욱 음주 측정을 받게 되었을 테다. 그러나 의도와 다른 서투른 독일어가 약이 되었다. 서투른 독일어 때문에 이상한, 상대하기 거북한 사람이 되었고, 게다가 지독한 마늘 냄새까지 한몫 더해져 경찰의 음주 측정을 무사히 통과하게 되었다.

Freiburg(프라이부르크)에서 유학했을 때 Schwarzwald(검은 숲, 흑림)의 아름답고 낭만적인 작은 도시 Nagold(나골트)에서 하룻밤을 보냈다. 아담하고 예쁜 도시에 반해 하룻밤 묵기로 하고 나골트강 변에 있는 호텔을 찾아 들어갔다. 가족이 운영하는 깨끗하게 정돈된 작은 호텔이었다.

리셉션에 있는 백발이 성성한 노부인이 우리 가족에게 어느 나라에서 왔냐고 물었다. 한국에서 왔다고 하니 자기 며느리가 한국 사람이라고 하면서 무척 반가워했다. 며느리가 시내 외출 중인데 곧 돌아온다고 했다.

한국인 며느리는 우리 가족을 무척 반겼다. 간호사로 독일에 오고 얼마 지나지 않아 지금의 독일인 남편을 만나 결혼하고, 이 도시에 남편과 함께 호텔을 운영하고 있다고 했다. 독일 생활이 30년 가까이 되는데 한 번도 한국에 가 보지 않았다고 했다. 부모님은 먼 옛날에 돌아가셨고, 위로 하나 있는 오빠와는 연락이 끊겼다고. 독일에 오자마자 독일 사람과 결혼하고 조그만 도시에서 조용히 살다 보니 간호사 등 우리 교민들과 왕래도 없었다고 했다. 20년 넘게 우리말을 사용해 본 적이 없어 우리말이 어눌했다. 모국어를 오랫동안 쓰지 않으면 그렇게 잊을 수 있다는 사실을 그때 처음 알았다. 그녀는 가끔 가족과의 단절을 이야기하며 눈물을 보였다. 그녀의 얼굴과 목소리에서 외로움과 그리움이 느껴져 안타까운 마음이었다.

다음 날 아침 호텔 문을 나설 때 그녀는 햄과 버터를 넣은 빵과 과일을 우리 가족 손에 들려 주었다. 떨리는 목소리와 이슬 맺힌 눈으로 떠나는 우리 가족을 향해 손을 흔들었다. 그 자리에서 계속 손을 흔드는 그녀의 모습이 자동차의 백미러에 잡혔다. 오랜만에 들른 친정 남동생을 떠나보내는 시집간 큰누님의 모습이었다.

연말이 되면 공관 관할 지역의 여러 도시에서 교민 송년회가 개최된다. 독일에서 오래 근무한 나는 지방 중소 도시에서 개최되는 교민 송년회에 여러 번 참석했다. 보통 100여 명 참가하는 소규모 한인 행사인데, 광부와 간호사 등 1세대 교민은 참석자 중 절반에 불과했다. 아버지, 어머니의 외로움을 달래 주고 그 참에 자신들도 서로 알고 지내고 싶은 2세 자녀들이 함께 참석하여 그나마 송년회라는 이름에 걸맞게 활기를 띠는 행사가 되었다.

1세대 여성 교민들이 김치는 물론 각종 나물 반찬 등 우리 음식을 정성스럽게 준비해 내놓았다. 독일에서 오랫동안 살고 있지만, 그들은 머리부터 발끝까지 한국 사람이었다. 교민들이 오랜만에 한자리에 모

어쩌다 외교관, 그러다 방랑자

이는 송년회는 떠나온 고향에 대한 그리움의 자리였다. 나는 큰형님, 큰누님 같은 1세대 교민들의 손을 한 사람도 놓치지 않고 잡으며 인사를 나누고 위로를 전했다.

몇백 명이 모이는 큰 규모의 공식 행사에서는 당연히 '존경하는 교민 여러분'으로 인사말을 시작해야겠지만, 100명 정도 참석하는 소규모 행사이고 무엇보다 오랜만에 그리움을 나누는 송년회 모임에는 나는 그런 딱딱하고 정 없는 인사말을 하고 싶지 않았다. 그래서 나의 인사말은 "큰형님, 큰누님"으로 시작해서 "큰형님, 큰누님"으로 끝을 맺었다. 살다 보니 영사님으로부터 큰형님, 큰누님 소리도 듣는다면서 그들은 나의 손을 잡고 바쁜데 잊지 않고 찾아 줘서 고맙다고 눈시울을 붉혔다.

독일 1세대 교포들은 모두 소설/영화 〈국제시장〉의 주인공 덕수와 영자다. 가난했던 시절 가족을 먹여 살리기 위해 이역만리 독일 땅을 향해 눈물과 함께 김포 공항을 떠나야만 했던 사람들이다. 독일에 발을 디딘 그들에게 가족에 대한 그리움은 배부른 소리였을지도 모른다. 당장 하루하루 사는 것이 더 중요했기 때문이다. 그들은 가족을 먹여 살리기 위해 죽어라 일하면서 한편으로는 자신의 삶을 개척해야 했다. 부족한 독일어로 아슬아슬하고 위태위태하게, 때로는 호기도 부려가며 독일 사회에서 생존해야만 했다. 그들은 지금 독일에서 살고 있고, 독일에서 죽어 묻힐 것이다.

그러나 그들은 한국 사람이다. 독일로 국적을 바꾼 사람도 많지만, 그럴수록 그들은 한국 사람일 수밖에 없다. 세월 앞에 장사 없다고 그들의 젊음은 흔적도 없이 사라져 버리고 검은 머리가 파뿌리 되었지만, 그럴수록 그들은 더욱 한국 사람이 되어 가고 있다. 2013년 프랑크푸르트에서 근무할 때 파독 근로자 50주년을 기념하여 〈이미자의 구텐탁! 동백 아가씨〉 공연이 있었다. 그 공연에 참석했던 교포 1세들은 모두 울었다. 나는 잘 알고 있다. 그들이 흘리는 눈물의 의미를.

독일 1세대 교민들은 오늘도 "나의 살던 고향은 꽃피는 산골. 복숭아꽃 살구꽃 아기 진달래~", "엄마야 누나야 강변 살자. 뜰에는 반짝이는 금 모래 빛, 뒷문 밖에는 갈잎의 노래~"를 부르고 있을 것이다. 소년 소녀의 마음으로 노래하고 있을 것이다.

13

우리 비행기는 지금…

우리 비행기는 지금…

"김 서기관. 말 나온 김에 하루라도 빨리 서울에 다녀오는 게 좋겠어. 본부만 믿고 있다가 내년 예산안에 반영되지 못하면 큰일이야. 국유화 사업 예산이 부족하다고 처음 보고받았을 때 그리 심각하게 여기지 않았는데, 생각하면 생각할수록 간단한 문제가 아니야. 내가 쉽게 생각했어. 내가 본부에 단단히 이야기하겠지만, 그것만으로는 부족해. 김 서기관이 직접 예산 당국을 방문해서 설명하고 사정하는 게 무엇보다도 중요해. 독일에서 먼 길을 왔는데 설마 그냥 빈손으로 보내겠어? 그러니 서울에 가야 해. 그 자체가 예산 당국에 사안의 시급성을 보여주는 일이니 압박이 되지 않겠어? 베를린에서 서울에 전화하고 메일만 보내면 그 사람들이 뭐가 아쉬워서 움직이겠어. 비행가를 타고 서울에 도착해서 사무실에 들어서야 그 사람들이 관심을 갖지. 전화와 메일은 아무리 해도 소귀에 경 읽기야. 한계가 있대도."

"대사님. 실무자인 제가 간다고 그 사람들이 눈 하나 깜짝할까요?"

"무슨 소리야. 그래서 안 가겠다는 거야?"

"그게 아니라. 가기는 하겠는데, 좋은 결과가 있을지 걱정이 돼서요."

"아침 시간이니 바로 항공권 예약하고 오후에 출발해."

"대사님, 아무리 그렇다고 해도 어떻게 오늘 오후에…"

"이 사람아! 오늘 오후면 충분하지 무슨 소리야. 지금 당장 항공권 예약하고, 집에 가서 가방 싸 들고, 서울 예산처 담당자에게 전화해서 들어간다고 말하면 되지 뭣이 안 된다는 거야. 김 서기관은 아버지나 어머니가 돌아가셨다는 소식을 들어도 꾸물댈 거야? 몇 시간 안에 준비해서 비행기 탈 거 아니야. 이 일도 그렇게 생각하면 충분하고도 남아. 당장 오늘 오후에 출발해. 주독일대사관 청사, 관저 국유화 사업이 당신 손에 달려 있다는 사실을 모르고 하는 소리야? 당신이 담당관 아니야? 왜 이렇게 자신감이 없어! 그런 자세로 뭘 하겠다는 거야? 당신은 주독일대사관 2등서기관이 아니라, 대사의 특사 자격으로 서울에 들어가는 거야. 김 서기관, 함흥차사가 뭔지 알아?"

"예. 알고 있습니다."

"함흥차사가 될지 개선장군이 될지 여부는 전적으로 당신에게 달려 있으니까 정신 바짝 차리고 갔다 와. 알았어? 그렇게 자신감 없고 흐리 멍덩하면 함흥차사밖에 되지 않아. 다시 말하지만, 당신은 2등서기관이 아니라 특명전권대사의 특사로 가는 거야. 특사로!"

비상이 걸렸다. 독일 비서와 함께 베를린발 프랑크푸르트 경유 서울행 항공권을 매의 눈으로 검색하기 시작했다.

베를린-프랑크푸르트 국내선 구간은 Lufthansa(독일항공)를 이용할 수밖에 없다. 프랑크푸르트-인천 국제선 구간은 대한항공, 아시아나항공, Lufthansa(독일항공)이 있으나, 대한항공은 고려 대상이 아니었다. 대한항공과 독일항공이 영업과 관련하여 경쟁 관계에 있었기 때문이었다. 인천에서 대한항공 여객기를 이용하여 출발한 승객의 경우 프랑크푸르트에 도착하여 독일항공으로 환승하면 수화물이 바로 자동으로 환적되지 않았다. 수화물을 찾아 다시 체크인해야 했다. 그 반대의 경우도 마찬가지였다. 그런 불편을 무릅쓰고 대한항공-독일항공을 선택할 여행객이 누가 있겠는가.

반면 아시아나항공과 독일항공은 같은 Star Alliance로 협조 관계가 원만했다. 그러나 프랑크푸르트 출발이 독일항공보다 이른 시간이기 때문에 시간에 쫓기고 있는 나에겐 좋은 대안이 아니었다.

그래서 최종적으로 베를린-프랑크푸르트-인천 전 구간을 독일항공을 이용하기로 하고 항공권을 급하게 예약하였다.

그날은 바람이 심하게 불고 폭우가 내렸다. 내가 비행기 조종사는 아니지만, 상식적으로 생각했을 때 비행하기에 좋은 날은 분명 아니었다. 조종사에게 상당히 부담되는 기상 조건이었다.

과거 프랑크푸르트에 근무했을 때 공군 연락관이 VIP 방문 준비를 위해 프랑크푸르트 공항을 사전 답사했다. 이착륙 등 안전 문제와 관련해 공항 관계자와 협의할 때 내가 통역을 하면서 기상 상황이 비행기 안전에 큰 영향을 미친다는 사실을 알게 되었다. 적당히 아는 게 병이었다. 그래서 은근히 신경이 쓰이고 걱정이 되었다.

어려운 기상 상황에도 불구하고 나를 태운 독일항공 4발 엔진의 A340-600 여객기는 프랑크푸르트 공항 활주로를 박차고 날아올랐다. 잔뜩 긴장되는 순간이었다. 비행기는 독일 북부 지역으로 방향을 잡고 고도를 서서히 높이기 시작했다.

프랑크푸르트에서 150km 떨어져 있는 Kassel(카셀) 상공을 지나갈 무렵 갑자기 기장이 독일어로 기내 방송을 하였다.

"우리 비행기는 지금 카셀 상공을 비행하고 있으나 문제가 발생하였습니다. 왼쪽 1번 엔진에 고장이 발생하여 엔진이 멈췄습니다. 4발 엔진이기 때문에 나머지 엔진으로 비행이 가능하나, 장거리 비행인 데다 왼쪽의 다른 엔진에 문제가 발생할 경우 심각한 상황이 될 수 있기 때문에 안전을 위해 프랑크푸르트로 다시 돌아가겠습니다. 다만 이륙 중량으로 착륙할 수 없어 카셀 상공에서 지그재그로 비행하며 항공유를 모두 버린 다음 프랑크푸르트로 회항합니다. 현재 비행기가 순항 고도가 아닌 약 5천m 상공을 비행 중이며, 비바람이 강하게 불어 기체가 심하게 흔들리고 있습니다. 하지만 크게 불안해하실 필요는 없습니다. 승객 여러분께서는 안전벨트를 반드시 착용해 주시고 승무원에게 협조하여 주시기 바랍니다."

안내 방송을 들은 승객들이 술렁이기 시작했다. 불안해하는 승객들을 안심시키느라 승무원들이 분주해졌다. 오늘 출발하지 않았다면, 아시아나항공을 이용했다면 이런 일을 겪지 않았을 텐데. 비행기 사고로 죽을 운명을 타고난 게 아닌가 불안함이 엄습했다.

나는 날개가 보이는 창가 좌석에 앉아 있었다. 안내 방송 후 날개에서 항공유가 분사되기 시작했다. 작은 구멍을 통해 바깥세상을 구경하게 된 항공유는 나오자마자 비행기의 빠른 속도를 이기지 못하고 캄캄한 밤하늘에 은색 꼬리를 휘날리며 사라져 갔다. 휘발성이 강한 항공유가 기화되지 않고 액체로 그대로 땅에 떨어진다면 대재앙이 될 수밖에 없다. 반드시 공중에서 기화되어 흔적도 없이 사라져야 한다. 항공유가 분사되기 위해서는 배출 압력이 높아야 하기 때문에 배출구가 작을 수밖에 없다. 그래서 대량의 항공유를 모두 배출하는 데 최소 30분 정도 소요되는 것이다.

분사되는 항공유에 정신이 팔려 잠시 잊었던 불안감이 다시 엄습했다. 이제 다른 걱정이 들기 시작했다. 카셀 상공에서 프랑크푸르트 공항으로 회항하려면 어느 정도 연료가 남아 있어야 하는데, 만약 배출구에 고장이 발생하여 닫히지 않는 바람에 연료가 모두 소진되어 버리면 어쩌는가? 엔진도 기계 장치고 항공유 배출구도 기계 장치다. 엔진이 고장 났는데 배출구라고 고장 나지 않을 것이라 누가 장담하겠는가? 기장이 배출구를 닫기 위해 스위치를 작동했는데 반응을 보이지 않는다면 큰일 아닌가. 프랑크푸르트 상공에서 연료를 버리다가 여차하면 바로 착륙하지, 왜 공항에서 멀리 떨어진 카셀 상공에서 지그재그로 비행하고 있는지 불안했다.

그때 항공유 분사가 멈췄다. 나의 걱정과 달리 배출구가 기장의 명령을 잘 따른 것 같았다.

"항공유 분사를 모두 마치고 이제 우리 비행기는 프랑크푸르트 공항으로 회항합니다."

기장의 안정적인 목소리에 마음이 편해졌다. 우리 비행기는 안전하게 프랑크푸르트 공항에 착륙했다. 여전히 비는 세차게 내리고 있었다.

기대와 달리 비행기는 탑승교에 주기하지 않고 터미널 건물에서 멀리 떨어진 tarmac에 주기하였다. 다른 비행기로 대체하지 않고 고장을 수리하여 다시 이륙할 예정이라고 기장이 안내 방송을 했다. 반가운 소식이 아니었다. 엔진 고장으로 회항했으니만큼 다른 비행기로 옮겨 타야 하지 않겠는가? 고장 난 비행기를 수리해서 출발하겠다니 불안하다 못해 찜찜했다. 게다가 이런 경우에는 승객을 터미널에 내려놓고 점검하고 수리해야 하는데, 승객이 기내에 그대로 있는 상태에서 진행되었다.

최초 기장은 1시간 정도면 수리가 완료될 것이라고 하면서 승객에게 조금만 인내해 달라고 부탁했다. 그러나 2시간, 3시간이 지나도 비행기는 여전히 땅에 붙어 있었다. 3시간 반 정도가 지나서야 수리가 완료되어 다시 이륙할 수 있다는 안내 방송이 나왔다.

그 사이 기내는 완전히 아수라장이 되었다. 어린애들의 울음소리와 비명이 난무하고, 독일 사람들은 항의 없이 멍청하게 앉아 있고, 한국인 승객도 외국 항공사를 상대로 어쩌지 못하고 있었다. 만약 대한항공이나 아시아나항공이었다면 항공사가 이토록 무지막지하게 굴지도 않았을 테고, 한국인 승객들도 가만히 있지 않았을 것이다.

갑자기 소방차 6대가 적색 경고등을 반짝이며 비행기에 접근했다. 소방차는 비행기 양쪽 앞, 중간, 뒷부분에 각각 주차했다. 항공유를 다시 주입하기 위해 출동한 것이었다. 항공유는 휘발성이 매우 강해 화재 위험성이 높다. 그래서 항공기에 주입할 때는 승객이 없는 상태에서 하는데, 그들은 승객이 탑승한 상태에서 소방차까지 출동시켜 무리하게 항공유를 주입했다. 이렇게 하는 게 안전 규정에 맞는지 맞지 않는지 모르겠으나, 하여튼 그날 저녁 독일항공의 조치는 악몽이었다.

독일 사람들은 자기 나라를 Servicewüste(서비스의 사막)이라고 부른다. 그날 저녁 독일항공은 '서비스의 사막'의 정수를 보여 줬다.

하여튼 나는 서울에서 벌어진 전투에서 어느 정도 승리를 거두고 베를린으로 돌아왔다. 개선장군은 아니었지만, 함흥차사 신세는 면했다. 엉터리 독일항공 때문에 하마터면 불귀의 객이 됐을지도 모를 일이었는데, 수호천사 우리 할머니의 보살핌으로 무사히 베를린 땅을 다시 밟았다.

얼마 후 청사 시공사인 Züblin사와 협의를 위해 독일 남부 도시 Stuttgart(슈트트가르트)에 1박 2일로 출장을 가게 되었다. 독일항공의 악몽 때문에 비행기를 타고 싶지 않아 기차로 내려가려고 했는데, 결과적으로 또 비행기를 타게 되었다. 독일항공의 자회사인 LCC(저가 항공)를 이용했고, 나는 이번에도 날개와 엔진이 보이는 창가에 앉게 되었다.

"우리 비행기는 곧 이륙합니다."

기장의 안내 방송과 함께 비행기가 전속력으로 활주로를 달렸다. 곧 기수가 들릴 것 같았는데, 도리어 감속하면서 활주로를 거의 끝까지 달리다가 가까스로 멈췄다. 그리고 다시 기장의 안내 방송이 흘러나왔다.

"우리 비행기는 이륙하기 전 엔진에서 경고등과 경고음이 들어와 이륙을 포기하고 다시 계류장으로 이동하고 있습니다. 기술 요원의 점검을 받고 최대한 빨리 다시 이륙하겠으니 양해하여 주시기 바랍니다."

어쩌다 외교관, 그러다 방랑자

이 비행기도 나를 태우고 서울을 향해 출발했던 독일항공의 비행기처럼 엔진에 문제가 발생한 것이다. 그러나 다행스럽게도 V1(이륙 결정 속도)에 도달하기 전에 경고가 울려 이륙을 포기했다.

비행기가 이륙하기 위해 활주로를 전속력으로 달리면 양력을 받아 기수가 살짝 올라가는데 바로 그 순간이 V1이다. V1이 되면 부기장이 "V1"이라고 외치고 기장이 복창한다. V1이 되면 이제 죽으나 사나 이륙 외에는 방법이 없다. V1에서 이륙을 포기할 경우 비행기의 가속도 때문에 제어가 되지 않아 비행기가 활주로를 넘어 튕겨 나가게 된다. 다행히도 나를 태운 비행기는 V1 도달 전에 감속 조치를 한 것이다.

전번의 독일항공처럼 이번에도 tarmac에 주기한 상태에서 엔진 덮개를 열고 점검이 실시되었다. 창문 너머로 기술 요원의 일거수일투족을 다 볼 수 있었다. 기술 요원과 대화를 나누는 기장의 얼굴 모습이 진지하고 때로는 심각했다. 곧 기술 요원이 엔진 덮개를 닫고 철수했다. 그러나 기술 요원과 악수하고 트랩을 오르는 기장이 어딘가 확신이 없는 듯 고개를 갸우뚱거렸다. 뭔가 석연치 않은데 운항을 강행하는 것 같아 찜찜했다. 기장을 보지 못한 다른 승객들은 문제가 없다고 생각하고 편한 모습인데, 그를 본 나만 좌불안석이었다.

"할머니."

"오냐, 내 강아지야, 내 새끼야. 걱정하지 말고 잘 다녀오너라. 나라 위해 열심히 하는 너를 지켜보고 있다. 이 할머니가."

어쩌다 외교관,
그러다 방랑자

14

함부르크를 떠나며,
독일을 떠나며

함부르크를 떠나며, 독일을 떠나며

"함부르크를 떠나면서 Wagner(바그너) 함부르크 주 정부 의전장님과 송별 식사를 같이하게 되어 기쁘고 영광스럽게 생각합니다."

"무슨 말씀이세요. 부총영사님과 저는 업무적으로 알게 되었지만, 사적으로도 편안하게 이야기를 나눌 수 있는 사이가 되지 않았습니까. 무척 서운합니다. 우리 직원들도 다들 부총영사님 이야기를 합니다. 진정으로 함부르크와 독일을 사랑했던 독일 전문가가 떠난다니 너무 아쉽습니다."

"저도 그렇습니다. 복잡한 마음입니다. 아쉽고 슬퍼서 잠이 오지 않습니다. 과거에 독일에서 근무하다가 다른 나라로 전임할 때는 연어가 자신이 태어난 하천으로 회귀하듯이 다시 돌아오리라 생각하며 희망차게 떠났는데, 이번에 떠나면 다시 돌아올 수 없다고 생각하니 착잡

어쩌다 외교관, 그러다 방랑자

합니다. 눈물 나는 심정입니다. 카라치에서 근무를 마치고 본부에 복귀하면 퇴직해야 할 운명이니, 외교관으로는 더 이상 독일 땅을 밟을 수 없지 않겠습니까. 자유인으로, 독일을 사랑하는 한국 사람으로 제2의 고향 독일에 다시 와야지요. 별수 있겠습니까. 함부르크에서의 6년을 포함해 17.5년의 긴 외교관 생활에 종지부를 찍을 때가 되었다니 무심히 흘러가 버린 세월이 야속할 뿐입니다. 의전장님은 독일 사람이고 저는 한국 사람이지만 우리 살아가는 인생사가 다 비슷하지 않겠습니까? 이것이 인생인데 어찌하겠습니까."

"부총영사님처럼 독일에서만 17년 넘게 근무하는 경우가 한국 외교부에 많이 있는 케이스입니까?"

"아닙니다. 드문 사례입니다. 오대양 육대주 지구촌 여기저기를 떠도는 방랑자 생활이 거부할 수 없는 우리들의 운명입니다. 독일 외교관도 그렇고 전 세계 모든 나라의 외교관들이 다 비슷할 겁니다.

친한 고등학교 동창 친구가 고등학교 교장으로 재직하고 있습니다. 부인도 교사로 근무하고 있고요. 그 친구 집을 방문한 적이 있는데 한곳에서 정주하는 안정된 생활이 너무나 부러웠습니다. 그러나 그 친구는 교사 생활은 변화가 없어 단조롭다고 반대로 나의 외교관 생활을 부러워하더군요. '남의 떡이 더 크게 보인다'는 우리말 표현이 있습니다. 독일에도 같은 뜻으로 '이웃집 체리 나무의 체리가 더 빨갛게 보인다'는 말이 있지 않습니까. 사람의 마음이 다 그런 것 같습니다.

저는 대학교에서 독일어를 전공했고, 외교부 입부 후에도 독일어를 열심히 공부해서 독일 전문가로 평가되어 독일에서 17년 넘게 근무했습니다. 중동의 오만과 쿠웨이트, 그리고 앞으로 있을 파키스탄 카라치 근무까지 포함해도 저의 재외공관 근무 경력은 외교부 내 다른 동료들과 비교하면 단순하고 재미없습니다. 우리 외교부 직원들 사이에서 회자되는 소위 '온탕'과 '냉탕'을 역동적으로 번갈아 드나들며 흥미진진하고 변화무쌍한 공관 근무를 체험한 직원들 눈에는 별로 재미없게 보일 겁니다. 하지만 제 눈에 안경 아니겠어요. 일장일단이 있겠지요. 저는 독일에 무게 중심을 둔 외교관 생활에 만족하며 큰 자부심을 가지고 있습니다."

"외교관 생활이 겉으론 화려하게 보여도 어려움이 많을 것 같은데 어떤가요?"

"의전장님이 질문하지 않아도 말 못 할 어려운 사정이 많으니 좀 들어 달라고 목소리 높여 이야기하려고 했습니다. 이렇게 물어봐 주시다니 역시 뭔가 통하나 봅니다.

우리나라는 이사 서비스 제도가 워낙 잘 되어 있어서 이사할 때 정신적, 육체적 피로감과 어려움이 덜합니다. 쉽게 말해 잠자는 곳만 달라질 뿐이니까요. 자동차, 핸드폰, 은행 계좌 등 모두 그대로 사용하면 됩니다. 이사하는 날 집에서 요리하기 귀찮으면 배달 주문을 하든지 동네 식당에서 외식하면 됩니다. 큰 불편이 없습니다. 주민 센터에 가서 전입 신고 하나만 간단하게 하면 거의 모든 게 끝납니다. 자녀의 학교 전학도 어려움 없이 쉽습니다.

그러나 해외 이사는 국내 이사와 차원이 다릅니다. 컨테이너에 실린 이삿짐이 1달 이상 먼바다를 항해해야 하니 포장을 특별히 단단하게 잘해야 합니다. 자동차를 비롯해 사용하던 모든 것을 정리하고 간단히 입을 옷만 몇 개 챙겨 그야말로 빈 몸으로 임지를 향해 출발해야 하니다. 정리하고 준비해야 할 서류도 너무 많아 머리가 아픕니다. 도착해서도 짧게는 1달, 길게는 2달을 호텔에서 생활하며 주택을 찾아야 하고, 자동차 구입, 은행 계좌 개설, 의료 보험과 같은 각종 보험 가입 등 해야 할 일이 아주 많습니다. 신경을 단단히 곤두세워야 살아남을 수 있습니다. 컨테이너가 도착할 때까지 임시 살림살이 몇 가지로 먹고 살며 견뎌야 하고, 기다리던 컨테이너가 도착해서 이삿짐을 풀면 또 다른 작은 전쟁이 시작됩니다.

이렇듯 국내 이사는 잠자는 곳 하나만 바뀌지만, 해외 근무를 위한 이사는 모든 것이 낯선 땅에서 새로 시작해야 합니다. 그렇다 보니 해외 이사가 국내 이사보다 최소 10배, 좀 과장하면 100배 더 힘들고 골치 아픕니다.

우리 외교관들은 근무 기간 동안 통상 8번 정도 해외 근무를 하기 때문에, 16번 정도 컨테이너 이삿짐을 쌌다가 풀었다가 해야 할 운명입니다. 지금 와서 생각해 보니 신기할 지경입니다. 무슨 힘으로, 무슨 의지로 어려움을 헤쳐 나왔는지. 다시 하라고 하면 손사래를 칠 겁니다. 더 이상 못하겠다고. 지금까지 제정신이 아니었다고.

자녀들은 또 무슨 죄입니까. 떠돌이 팔자 부모 잘못 만나 이리 떠돌고 저리 떠돌고. 우리 어른들은 어린아이가 외국어도 쉽게 배우고 친구도 금방 사귀며 새로운 환경에 쉽게 적응하리라 생각하는데, 반드시 그렇지도 않습니다. 어른에 비해 상대적으로 쉽게 배우고 적응이 빠르지만, 어린아이에게도 낯선 나라의 학교생활은 상당한 도전이 될 수밖에 없습니다.

제 자녀에게 아빠처럼 외교부 직원이 될 생각 없냐고 물었다가 "아빠

미쳤어요? 제가 그걸 하게요. 그만큼 떠돌이 생활했으면 충분하지 않아요?"라는 말을 들었답니다. 해외 국제 학교에서 외국인 친구들을 사귀며 영어를 모국어처럼 쓰는 남들이 부러워하는 좋은 시간도 떠돌이 생활의 어려움에 가려지는 것 같습니다."

"부총영사님의 함부르크 사랑은 잘 알고 있습니다. 카라치에 가서도, 나중에 서울에 가서도 함부르크에 대한 사랑은 끝이 없겠지요."

"함부르크는 저의 첫 재외공관 근무지이며, 동시에 마지막 독일 근무지 아니겠습니까. 그 사실 하나만으로도 함부르크는 저에게 특별한 도시가 되고도 남습니다. 만약 의전장님께서 독일 외교관으로서 첫 근무와 마지막 근무를 서울에서 했다면 서울이 어떤 도시로 다가오겠습니까?

우리 외교부 동료 직원들은 첫 공관 근무지를 첫사랑과 같다고 생각합니다. 첫 공관 근무지는 첫사랑의 떨림, 첫사랑의 눈부심이 될 수밖에 없습니다. 전 세계 지구촌 구석구석에 태극기를 하늘 높이 달고 있는 180개 이상의 재외공관이 있습니다. 그중 하나와 첫 인연을 맺었는데 어찌 떨리고 눈부시지 않겠습니까.

집사람과 생후 2개월 된 아들과 함께 두렵고 떨리는 마음으로 함부르크 공항에 발을 디딘 바로 그날, 91년 8월이 어제 같은데 벌써 30년 가까운 세월이 지나갔네요. 그동안 아들은 장성해서 부모 곁을 떠나 독립했고, 내 머리카락은 이렇게 희어지고 있으니.

의전장님과 함부르크 이야기를 하면 끝이 나겠습니까. 밤을 지새워도 끝나지 않을 겁니다. 독일 제1의 녹색 도시, 아름다운 호수와 운하를 가진 멋진 도시, 2,500여 개의 다리가 교차하는 다리의 도시, 붉은

벽돌 건물이 인상적인 분위기 있는 도시, 뱃고동 소리와 함께하는 마도로스의 낭만을 품은 항구 도시, 자유 한자 도시의 전통이 흐르는 역사의 도시, 독일 사람들이 언젠가 꼭 살아보고 싶어 한다는 꿈의 도시…. 함부르크의 매력을 어떻게 더 설명하겠어요.

이제 카라치로 가면 함부르크를 만질 수도 없고 느낄 수도 없을 것 같아 함부르크 로고가 들어간 에코백도 사고 머그잔도 챙겼습니다. 함부르크 에코백을 사용하고 함부르크 머그잔에 커피를 담아 마시며 함부르크에 대한 그리움과 향수를 달래야 하지 않겠습니까. 물의 도시 함부르크의 알스터 호수와 운하에서 카누 타는 것을 즐겼는데, 함부르크를 떠나면 생각이 많이 날 겁니다.

함부르크에는 Koreastrasse(한국 거리)도 있고 부산시와 자매결연을 맺어 Busanbrücke(부산교)도 있지 않습니까. 작년에 우리 해군 순항훈련전단의 함정이 함부르크항을 방문하여 〈돌아와요 부산항에〉 슬픈 노래 곡조를 남기고 엘베강을 지나 북해로 떠나가던 그 장면이 생생하게 떠오르네요."

"부총영사님은 독일에서 17년 넘게 생활하면서 독일에 발길 닿지 않는 곳이 없다고 하지 않았습니까. 독일 사람인 저보다 훨씬 독일을 잘 아는 것 같습니다. 대단합니다."

"91년 함부르크에 처음 도착했을 때 저는 2가지 계획을 세웠고 반드시 실천하겠다고 다짐했습니다. 하나는 독일어를 원어민처럼 구사하는 것이고, 다른 하나는 독일의 동서남북 구석구석을 여행하고 문화를 탐방하는 것이었습니다. 부단히 노력한 결과 거의 달성했다고 생각합니다. 제가 직접 보고 느낀 바를 직원들과 공유할 수 있어서 기뻤습니다."

독일의 봄

어쩌다 외교관, 그러다 방랑자

독일의 봄

독일의 가을

어쩌다 외교관, 그러다 방랑자

작가가 사랑하는 독일의 소도시 Braunfels

작가가 사랑하는 독일의 소도시 Marburg

어쩌다 외교관, 그러다 방랑자

작가가 사랑하는 독일의 소도시 Michelstadt

함부르크를 떠나며, 독일을 떠나며

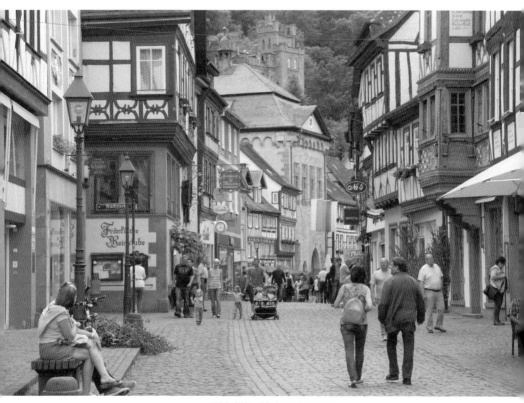

작가가 사랑하는 독일의 소도시 Miltenberg

어쩌다 외교관, 그러다 방랑자

작가가 사랑하는 독일의 소도시 Ruedesheim

"독일이 어떤 나라인지 정확하게 판단하고 있을 것 같은데, 어떻게 생각하세요?"

"독일은 좋은 나라지요. 유럽의 모범 국가 아니겠습니까. 하지만 독일도 사람 사는 곳이라 좋은 일만 있지는 않습니다. 문제점도 당연히 있어요. 그러나 외교관으로서 주재국에 대해 부정적인 이야기를 하는 건 바람직하지 않으니, 독일에 살면서 부러웠던 점 몇 가지만 이야기해 볼까 합니다.

우리나라는 아직도 분단국가입니다. 그렇다 보니 무엇보다도 독일 통일이 부러울 수밖에 없습니다. 91년에 함부르크에 부임한 후 이듬해인 92년 봄에 구 동독 지역을 여행했습니다. 통일을 달성한 지 2년도 되지 않았을 때 아닙니까. 동독 지역은 건물이고 거리고 모든 게 다 황폐했습니다. 정말 말이 아니었지요. 서독 지역은 참기름이라도 바른 듯 온통 반들반들했는데, 동독 지역은 제대로 서 있는 건물을 찾기가 어려울 정도였습니다. 어제 전쟁이 끝난 듯한 그런 처참한 모습이었습니다. 이제 통일된 지 30년이 지났습니다. 구 동독 지역의 황폐한 모습은 이제 찾아볼 수 없습니다. 구 서독 지역과 비슷할 정도로 인프라가 정비되었습니다. 구 동독 지역의 경제 상황도 크게 개선되어 구 서독 지역과 소득 격차가 많이 줄었습니다. 구 동독 주민들의 시민 의식과 민주 의식의 고양은 말할 필요도 없고요.

제가 보기에 독일 시민들은 모두 복 받은 사람들입니다. 참 부럽습니다. 전후 독일 시민들은 지도자를 잘 만났습니다. 아데나워 초대 총리부터 시작해서 지금의 메르켈 총리까지, 모두 시대정신에 부응하여 비전을 갖고 독일을 이끌어 나갔다고 생각합니다. 정권 교체가 여러 번

어쩌다 외교관, 그러다 방랑자

이루어졌지만 모두 전 정권의 정책을 승계하고 발전시키면서 시대정신에 맞게 새로운 정책을 추진해 나가지 않았습니까. 한마디로 지그재그 정책이 거의 없었습니다. 정치적 안정이 경제 발전으로 이루어졌습니다. 오늘날 독일 하면 떠오르는 단어는 '안정'입니다. 그러나 고여 있는 안정이 아닙니다. 느리지만 계속 앞을 향해 움직이는 살아 있는 안정입니다. 정책의 연속성 면에서 가장 부러웠던 것이 바로 구 서독 정부의 통일 정책이었습니다.

독일 연방 공화국 건국의 아버지(헌법 제정권자)들은 헌법이 아닌 기본법을 토대로 독일 연방 공화국을 수립하지 않았습니까. 통일될 때까지의 과도기에만 효력이 있고, 향후 통일되면 전 독일 국민의 자유로운 의사에 의해 헌법을 제정하기 위해서요. 기본법 제정 권력은 기본법 전문에 '전 독일 국민은 자유로운 자결권으로 독일의 통일과 자유를 달성해야 한다'라고 규정했습니다. 이에 따라 서독 정부는 '자유로운 자결권(freie Selbstbestimmung)'을 통일을 위한 기본 조건과 핵심 가치로 강조하면서 반대하는 주변 국가를 설득하여 1990년에 마침내 통일의 대업을 달성하지 않았습니까. 독일 건국부터 통일될 때까지 하루도 빠짐없이 '자유로운 자결권'을 노래하지 않았습니까. 정말 대단합니다.

우리나라는 수도권 집중이 심하다 보니 균형 있는 발전에 어려움을 겪고 있습니다. '지방'이라는 단어가 별로 대접받지 못하는 상황입니다. 효율적인 행정을 위해 행정 단위를 나누어 지방 자치를 실시하고 있는 우리나라와 달리 독일은 16개 나라가 연방이라는 이름 아래 더 큰 나라를 만들었습니다. 이것이 바로 독일 연방 공화국 아닙니까. 균형 발전과 문화의 다양성이 보장되는 독일의 연방 제도가 정말 부럽습니다. 제가 독일에서 17년 넘게 살면서 가장 부러웠던 것이 바로 독일 번영의 견인차인 연방 제도였습니다. 사회적 시장 경제의 사회 민주주의와 사회 국가를 바탕으로 하는 복지 정책도 부럽습니다. 독일 지도자와 깨어 있는 시민의 관용과 연대를 위한 움직임도 참 감명 깊게 느끼고 있습니다.

나는 언제, 어디서나 함부르크와 독일을 그리워할 겁니다. 함부르크와 독일 연방 공화국은 저의 제2의 마음의 고향이 아니겠습니까. 항상 생각나고 그리워하는 나의 마음의 고향…"

15

무스카트를 향하여

무스카트를 향하여

용무가 있어 외출 후 대사관에 복귀했더니 대사님이 나를 급히 찾았다고 했다. 아~ 드디어 올 것이 왔구나. 심장이 두근거렸다. 재외공관 발령을 위한 인사 위원회가 조만간 개최될 예정이라는 외교부 복도통신이 베를린까지 잡히기는 했으나, 어디로 발령이 날지 감을 잡을 수 없었다. 그야말로 안갯속이었다.

독일에 있는 공관 4개 중 아직 근무한 적이 없는 본분관에 지원하였으나, 일언지하에 거절당했다. 아무리 독일 전문가라고 해도 연속해서 4번 독일에 근무할 수는 없다고 했다. 그것으로도 부족해 인사과는 내가 10년 넘게 선진국인 독일에서 근무한 특혜(?)를 누렸기 때문에 이번에는 근무 여건과 생활 여건이 가장 열악한 아프리카 대륙의 어느 공관으로 발령을 낼 예정이라고 하며 마음의 준비를 단단히 하라고 했

어쩌다 외교관, 그러다 방랑자

다. 염치가 있어야 하지 않겠냐는 청양고추보다 더 쓰리고 매운 말까지 듣게 되었다. 2지망, 3지망도 나에겐 먼 나라 이야기가 되었다. 그저 가라면 가고 있으라면 있고 명령하는 대로 따르는 것 외에 달리 방법이 없었다.

그렇게 포기하고 있는 내 모습이 안쓰러웠는지 대사님께서 노력해 보겠다고 했다. 직원들이 다들 '걸음아 날 살려라' 하며 맡지 않으려고 도망가기 바쁜 대사관 청사, 관저 국유화 사업을 전담하여 열심히 하고 있으니, 그런 상황을 감안해서 최악의 공관으로 전임되지 않도록 힘쓰겠다고 말했다. 인사과로부터 사형 선고를 받은 나는 자포자기 상태였지만, 대사님 덕분에 실낱같은 희망을 품고 있었다.

떨리는 나의 심장이 대사님 집무실을 노크하는 손에 전달되었다. 떨리는 목소리와 함께 침을 꿀꺽 삼켰다.

"대사님, 찾으셨습니까?"

"우리 김 서기관! 축하해. 오만으로 발령이 날 것 같아."

"오만이요? 오만이 뭡니까? 오만이 나라 이름입니까?"

"그래, 오만! 오만을 몰라?"

"모르겠는데요. 오만이 어디에 있는 나라입니까?"

"허! 이 사람 큰일 낼 사람이네. 외교부 직원이 오만도 몰라?"

"모르겠는데요."

"진짜 몰라? 오만을?"

"잘 모르겠습니다."

"이 사람 진짜로 큰일 낼 사람이네. 외교부 직원이 중동의 오만을 모르다니."

외교부 입부 동기의 초임 근무지가 오만이었기 때문에 오만을 모르는 것은 아니었다. 관심이 없어 정확히 어디에 있는지 몰랐지만, 중동에 있는 나라로 어렴풋이 알고 있었다. 그러나 대사님의 "우리 김 서기관! 축하해. 오만으로 발령이 날 것 같아"라는 번개 같은 말에 순간 뇌가 백지가 되어 버려 아무 생각이 나지 않았다. 필름이 끊겨 버려 '오만'이 머리에서 흔적도 없이 지워져 버렸다.

"아라비아반도 사우디 밑에 있는 좋은 나라야. 내가 옛날에 출장을 한 번 다녀왔는데, 아프리카보다 살기 좋아. 그런 오만을 모르다니 말이 되냐고. 내가 노력하지 않고 모른 척했으면 당신은 완전히 낙동강 오리알 신세가 되었을 거야. 말라리아가 창궐하고 치안이 극도로 불안한 아프리카 땅 어딘가에 처박혀 버리겠지. 이렇게 좋은 곳으로 가게 되었는데 내게 감사하는 마음은 없고 떨떠름한 표정이나 짓고 있으니 참."

"대사님, 아닙니다. 아무래도 중동 지역이 아프리카보다 훨씬 좋겠지요. 아프리카로 발령 날 걸 각오하고 있었는데 생각지도 못했던 중동으로 발령이 난다고 해서 뭐가 뭔지 잘 몰라 순간 정신이 나갔습니다. 대사님께 그저 감사할 따름입니다."

"오만을 듣고 순간 멍해졌다는 건 그만큼 김 서기관의 시야가 좁다는 소리야. 김 서기관 머릿속에는 오로지 독일밖에 없는 거지. 물론 독일 전문가가 되는 건 중요해. 김 서기관이 그렇게 되기 위해 노력하는 것도 칭찬할 일이야. 하지만 외교부 직원이라면 기본적으로 generalist가 되어야지. 그 바탕에서 어느 분야의 전문가가 되어야지. 그저 독일만 노래하고 있으면 그건 반쪽짜리 외교관에 불과해. 시야를 넓히라고. 알았어? 오만에 가면 그걸 알게 될 거야. 이번에 원하는 대로 본분관에 가게 되었다면 당신은 완전히 독일 바보가 될 거라고. 이 답답한 사람아."

"예, 대사님. 대사님 말씀 잘 새겨듣겠습니다. 이번 기회에 독일을 떠나 시야를 넓혀 보겠습니다. 대사님 말씀대로 다음 근무를 또 독일에서 한다면 정말 독일 바보가 될 겁니다. 아프리카로 가야만 했는데 대사님 덕분에 생활 여건과 근무 여건이 괜찮은 중동으로 가게 되어 천만다행입니다. 대사님께 정말 감사드립니다."

"그래. 김 서기관이 국유화 사업을 맡아서 고생 많이 하는데, 험지로 가지 않게 되어 나도 기뻐. 그동안 고생 많았어. 여기 일 잘 마무리하면서 전임 준비도 잘하도록 해."

"나라 이름이 오만이 뭐냐? 오만이. 이왕이면 십만, 백만, 천만으로 하지. 오만으로 발령이 나더니만 사람이 갑자기 오만해졌어"라는 싱거운 아재 개그를 직원들과 나누며 전임 준비를 하고 있던 어느 날, 베를린에 주재하고 있는 오만 대사관 참사관으로부터 전화를 받았다. 자기 나라로 부임하게 된 것을 축하한다면서 나를 대사관으로 초대했다. 베를린 국제 학교에 다니는 우리 딸과 같은 반 친구인 자기 딸로부터 나의 전임 소식을 듣게 되었다며 무척 반가워했다.

오만 대사관을 방문했다. 건물 내부와 외부가 모두 흰색이라 분위기가 사뭇 달랐다. 대사관 현관에서 나를 반기는 술탄 카부스 국왕의 대형 사진 덕에 왕정 국가임을 실감할 수 있었다. 대사관 내부는 오만의 아름다운 자연과 독특한 문화를 보여 주는 사진과 그림, 가구 등으로 잘 꾸며져 있었다. 무엇인지 모를 향이 피어오르고 있었는데, '사막의 눈물'로 불리는 오만이 자랑하는 유향이었다. 은은한 향이 참 좋았다.

오만 대사를 비롯해 전 직원이 참석한 가운데 오만을 소개하는 동영상을 시청하였다. 가장 좋은 부분만을 골라 편집했을 테니 동영상만 보고 판단해서는 안 되지만, 동영상에 나오는 오만은 천국이 따로 없었다. 사진으로만 본 미국의 그랜드캐니언 같은 웅장한 산맥과 파도와 같은 붉은 사막, 끝없이 펼쳐진 은빛 해변, 나무 하나 없는 검은 돌산에 둘러싸인 하얀 도시 무스카트, 독특한 전통 시장, 오만 사람들의 미소…. 대사를 비롯한 전 직원의 입가에 싱글벙글한 웃음이 떠나지 않았다.

향과 맛, 색깔이 독특한 아랍 커피 카와도 처음 만났다. 오만 음식으로 점심을 같이하는 동안 대사와 직원들은 천국이 따로 없다며 자기 나라를 자랑하느라 정신이 없었다. '오만으로 전임하게 되는 당신이야말로 베를린에 있는 모든 외교관 중에서 가장 행복한 사람'이라고 하면서 오만 민예품 등 기념품과 오만 소개 책자, 관광 정보 등 이것저것 한 보따리 선물까지 챙겨 나를 배웅했다.

"외교관은 자기 나라가 독재 국가여도 민주 국가라고 홍보해야 하고, 항상 좋다고 말해야 해. 그래서 오만 참사관도 자기 나라가 천국이니 뭐니 하며 흥분해서 목소리를 높이는 것이지, 막상 오만에 가면 실망스럽지 않겠어? 중동이 유럽과 비교가 되겠어. 중동은 중동이지. 오만이 좋아 봤자 얼마나 좋겠어. 뛰어야 벼룩이지. 오만 참사관도 나처럼 허풍이 심하구만. 그래도 생각보다 오만이 괜찮은 것 같기도 하고…"

오만 대사관을 떠나 사무실로 돌아오는 나의 얼굴은 상기되어 있었다.

인사 발령이 난 후 2달이 지나, 어느새 베를린을 떠나게 되었다. 컨

어쩌다 외교관, 그러다 방랑자

테이너 이삿짐을 보내고 나의 모든 흔적을 지웠다. 외교관 신분증, 자동차 보험, 의료 보험, 은행 계좌 등 모든 것을 해지 또는 반납하고 그동안 사용했던 공용 핸드폰도 대사관에 반납했다. 빈 몸으로 베를린에 도착했듯이 빈 몸으로 베를린을 떠나는 것이다. 외교관의 운명이다. 나만 겪는 것이 아니다. 우리 외교부 동료 직원들이 모두 겪는 떠돌이 방랑자 인생의 모습이다.

동료 직원과 가족의 전송을 받으며 나와 나의 가족은 베를린 테겔 공항을 눈물과 함께 떠났다. 비행기가 활주로를 박차고 이륙하였다. 창문 아래 펼쳐진 베를린은 우리 가족을 슬픈 얼굴로 쳐다보았다.

프로이센 왕국과 독일 제국의 수도였던 베를린. 1차 세계 대전 패전, 나치의 등장과 2차 세계 대전 패전으로 오욕과 분단의 역사를 고스란히 겪었던 베를린. 냉전 시대 최전선이었던 분단의 베를린, 독일 통일에 따라 독일 연방 공화국의 수도로 유럽의 문화 도시로 화려하게 부상하고 있는 베를린. 나는 그런 베를린과 3년을 같이하고 또 다른 도전을 향해 떠났다.

베를린 그뤼네발트 숲이 창문 아래로 펼쳐졌다. 눈에 들어온 하벨강과 호수들이 점처럼 멀어져 갔다. 베를린 그뤼네발트, 우리가 살았던 동네가 벌써 그리웠다. 숲 속의 호숫가 산책길, 자주 갔던 빵집, 카페가 눈앞에 선했다.

옆자리에 앉은 집사람과 아들과 딸을 쳐다보았다. 아무도 말이 없다. 떠나는 슬픔과 새로운 삶에 대한 호기심과 불안이 교차한 모습이었다. 어떻게 하겠는가. 그것이 우리의 운명이고 인생인 것을.

딸은 무스카트 ABA 국제 학교 4학년, 아들은 10학년에 입학할 예정이다. 아들은 오만 국제 학교에서 고등학교 3년 전 과정을 마치고 대학에 진학할 것이다. 무스카트 ABA 국제 학교가 아들의 모교가 되는 것이다. 한국 사람으로 태어나서 미국, 유럽도 아니고 누구도 생각지 않았을 오만의 국제 학교가 모교가 되리라 생각하니 외교관으로서의 떠돌이 삶이 더욱 실감 되었다.

혼자서 아무 말 없이 이 생각 저 생각하고 있지만, 나를 따라 떠나는 가족의 모습이 괜히 슬퍼 보였다. 나의 외교부 동료 직원들도 모두 새로운 임지를 향해 떠나면서 나처럼 만감이 교차했으리라 생각하니 가슴이 먹먹했다.

독일 남부 뮌헨에 도착해서 비행기를 갈아타고 두바이에서 또 환승하는 머나먼 길이었다. 뮌헨 상공에서 내려다보는 푸른 초원의 알프스 전지 풍광이 너무나 싱그러웠다. 알프스에서의 행복했던 추억이 어제일 같았다. 그 그림 같은 독일 풍광을 놓치지 않으려고, 기억에 담아 두려고 나는 비행기 창문에서 눈을 떼지 않았다.

두바이에서 출발한 오만항공 비행기가 고도를 낮추어 무스카트 공항에 접근하자 푸른 초원의 독일과는 완전히 다른 풍광이 눈앞에 펼쳐졌다. 나무 하나 없는 검은 돌산과 노란 황무지, 하얀 건물들이 옹기종기 모인 도시 외곽을 지나 비행기가 착륙했다.

무스카트의 첫 공기는 충격이었다. 45도 가까이 되는 사막 기후의 열기는 20~25도 정도 되는 베를린의 여름 온도와 비교 자체가 되지 않았다. 말 그대로 후끈후끈한 사우나 같았다.

땅거미가 지고 있어 무스카트의 얼굴을 제대로 볼 수 없었으나, 호텔로 이동하는 길에 스치는 조명등에 비친 대로변의 모습은 그런대로 정비가 잘 되어 있었다. 대추야자 나무가 가로수로 자태를 뽐내고, 그 아래 심은 데이지 같은 꽃들이 도시의 분위기를 환하게 해 주었다.

대사관에서 예약한 숙소는 넓은 정원에 2층 방갈로식 건물이 여기저기 산재한, 땅에서 바로 방으로 들어갈 수 있는 호텔이었다.

차에서 내려 수화물 가방을 끌고 호텔 방 입구로 막 들어서려는데 희미한 어둠 속에서 무언가 어른거렸다. 가까이 다가가서 살펴보니 10~15cm 정도 되는 도마뱀들이 입구 위쪽과 왼쪽, 오른쪽 벽에 새까맣게 붙어 있었다. 소름 끼치고 징그러운 광경이 우리 가족을 환영했다.

나를 비롯한 우리 가족은 모두 수화물 가방을 내던져 버리고 비명을 지르며 도망쳤다. 마중 나온 대사관 직원이 혼비백산한 우리 가족을 보고 웃으며 도마뱀은 모기나 해충을 잡아먹는 이롭고 귀여운 친구라고 했다. 이삼일만 지나면 도마뱀을 좋아하게 될 거라고 하며 여유로운 모습을 보였다.

집사람과 딸은 도마뱀 때문에 방에 들어갈 용기가 나지 않는다며 나와 아들을 도마뱀 퇴치 선발대로 방에 욱여넣었다. 벽에 붙어 있던 두 마리 중 한 마리가 인기척을 듣고 놀라 잽싸게 침대 뒤로 몸을 숨겼다.

"저걸 어떻게 잡지? 숨은 놈은 또 어쩌지?"

"어떻게 잡아! 쫓아내야지!"

"어떻게 쫓아내지?"

"어떻게든 해 봐라! 너도 고등학생인데 도마뱀에 겁을 먹어서야 되겠냐? 나중에 군대도 갈 놈이!"

"그러는 아빠는 군대도 갔다 왔고 어른이면서 도마뱀을 왜 그렇게 무서워해? 그런데 아빠, 저 두 마리 말고도 가구 뒤 보이지 않는 곳에 바퀴벌레처럼 숨어 있는 거 아니야? 왠지 그럴 것 같은데?"

"야! 그런 징그러운 소리 좀 하지 마라! 말만 들어도 오싹하다. 저걸 잡아야 저녁에 잠을 잘 텐데. 이거 큰일 났네. 베를린 오만 참사관이 완전 사기 친 거야. 자기 나라 좋다고 그렇게 큰소리를 치더니, 도마뱀 이야기는 쏙 빼고! 이게 도대체 뭐야. 우리 신세가 하루아침에. 누가 무스카트에 도착하자마자 호텔에서 도마뱀 때문에 이 소란을 피울 줄 알았겠냐고. 이런 나라에서 어떻게 살아?"

"아빠, 빨리 좀 잡아 봐!"

"야, 네가 좀 잡아 봐라!"

16

무스카트의 사이클론.
자애로운 신이시여,
자비를

무스카트의 사이클론. 자애로운 신이시여, 자비를

"여보. 옆집 오만 여자가 무스카트에 큰 태풍이 불 거라고 하던데. 알고 있어?"

"모르겠는데. 그런데 좀 이상하기는 해. 평소와 달리 바람이 상당히 불잖아. 대추야자 나무가 바람에 흔들리고 있어. 내일 아침 대사관에 출근하면 무슨 문제가 있는지 자세히 알아볼게."

다음 날 아침, 대사관에 출근하려고 보니 하늘이 온통 먹구름이었다. 1년 내내 땡볕이 무자비하게 내리쬐는 무스카트에 금방이라도 천둥 벼락과 함께 빗줄기가 쏟아질 것 같았다. 먹구름과 바람 덕분에 오만의 살인적인 더위가 한풀 꺾여 오히려 좋았다. 그러나 그것은 무스카트가 지금까지 경험해 보지 못한 대재앙을 예고하는 불길한 징조였다.

"여보. 인도양에서 발생한 사이클론이 오늘 저녁 늦은 시간에 강한

어쩌다 외교관, 그러다 방랑자

비바람을 동반하고 무스카트를 정면으로 강타할 거라는 기상 예보가 계속 나오고 있어. 이미 주의보가 발령되었고, 사이클론이 무스카트에 상륙할 것으로 예상되는 저녁 시간에 사이클론 경보가 발동될 거래. 사이클론이 무스카트를 정면으로 강타한 경우는 한 번도 없었다는데, 이번에는 정말 예외적인 상황인가 봐. 그리고 무엇보다도 괴물 사이클론이래. 중심 기압이 엄청 높은 초대형 사이클론이라는데. 지금 오만 방송이 계속해서 긴급 경고 방송을 내보내고 있고, 우리 대사관도 지금 사이클론에 대비해서 전 직원이 시설물 점검을 하고 있어. 끝나면 바로 집에 갈 테니 밖에 나오지 말고 애들이랑 집 안에 안전하게 있어. 벌써 비바람이 시작됐네. 심상치 않구만."

대사관에서 집에 가는 길. 이미 사이클론이 몸을 풀고 있음을 직감할 수 있었다. 비바람이 아침과 달리 상당히 거세졌다. 대추야자 가로수들이 비바람에 거친 소리를 내며 휘청거렸다. 안전하게 빨리 집으로 돌아가려는 차량으로 뒤엉켜 도로가 상당히 혼란스러웠다. 배수 시설이 거의 되어 있지 않은 무스카트 시내 도로는 벌써 여기저기 물이 차오르기 시작했다.

평소보다 배는 더 걸려 집에 어렵사리 도착했다. 저녁 시간이 되자 사이클론이 야수의 이빨을 드러내기 시작했다. 강한 비바람에 우리 집 울타리 야자수들이 비명을 지르며 몸서리쳤다. 양동이로 쏟아붓는 듯한 비였다.

"여보. 이러다 우리 집 침수되는 거 아니야? 걱정되는데 어쩌지? 큰일 났네."

"걱정하지 마. 이 정도 비바람이야 내 고향 거금도에 불어닥치는 태풍에 비하면 새 발의 피지. 이 정도로는 걱정할 필요 없어. 오만 사람들은 사이클론이 온다고 거의 패닉 상태가 된 것 같은데, 정말 걱정할 필요 없어. 태풍이나 허리케인에 비하면 인도양에서 부는 사이클론은 한 수 아래라고 하던데. 괴물 사이클론이니 초강력 사이클론이니 하면서 긴장을 조성하는데, 별거 아닌 것 가지고 괜히 오만 사람들이 난리치는 거야. 배수 시설이 잘되어 있지 않다 보니 도로에 물이 차긴 하겠지만, 그 정도에서 지나가겠지. 하여튼 밖에 나가지 않고 집 안에만 안전히 있으면 돼."

비바람은 점점 강도를 더해 갔다. 양동이로 쏟아붓고 있었다. 태풍에 비하면 아무것도 아니라고 큰소리쳤지만, 내심 불안감이 엄습해 왔다. 밖의 도로는 이미 빗물로 잠겼다. 배수 시설이 잘되어 있는 우리나라 같으면 웬만한 비는 흘러내려 가겠지만, 오만의 도로는 배수가 확실히 더뎠다. 발이 완전히 물에 잠겼다.

도로의 빗물이 우리 집 대문 틈을 비집고 마당으로 흘러들기 시작했다. 우리 집의 입구는 땅에서 1m 정도 높이에 있어서 바로 침수될 가능성은 크지 않았다. 문제는 집 마당에 주차해 둔 승용차였다. 타이어가 벌써 20cm 정도 물에 잠겨 신경이 쓰이기 시작했다. 그러나 비바람은 수그러들 기미를 보이지 않고 더욱 거세게 휘몰아쳤다.

이웃집에서 비명이 들려왔다. 아랍어로 뭐라고 외치는 소리가 들렸다. 심상치 않은 상황임을 직감적으로 느꼈다. 전기가 나가 버렸다. 아무것도 보이지 않는 칠흑 같은 어둠 속에서 마당으로 들어온 빗물이 2m가 넘는 우리 집 담벼락을 순식간에 덮쳤다. 도로의 물 높이가 우리 집 담벼락보다 더 높아진 것이었다. 독일에서 근무할 때 구입해 사용하다 오만으로 전임하며 가져온 독일 자동차(Volkswagen Passat)가 삑삑거리는 경고음과 빨간 경고등을 점멸하다 물속으로 흔적도 없이 사라져 버렸다. 집 앞 도로에 자동차들이 둥둥 떠내려가는 광경이 내 눈에 잡혔다. 하얀 차체가 칠흑 같은 밤을 밝혔다. 손쓸 시간도 없이 우리 집 1층이 완전히 물에 잠겼다. 2층으로 올라가는 내부 계단도 물에 거의 잠겼다.

나는 핸드폰으로 대사님께 급한 상황을 보고드리고, 대사 비서에게도 SOS를 쳤다. 대사 비서는 오만 외교부에 한국 외교관 주택이 침수되었으며 외교관 가족이 위험한 상황에 빠졌다며 긴급하게 구조를 요청했다. 상당수의 다른 나라 외교관들도 침수 피해를 당해 무스카트 경찰이 긴급 구조를 시도하고 있으나, 도로의 수위가 너무 높아 접근 자체가 불가능하다는 답변을 들어야만 했다.

우리 가족은 죽음의 공포에 떨었다. 순식간에 2m를 넘어 버린 물이 끝을 모르고 계속해서 차올랐다. 이대로라면 무스카트 앞바다 인도양의 고기밥이 될지도 모른다는 생각에 앞이 캄캄했다. 절망적이었다. 김학성의 인생이 이렇게 비참하게 끝나는가 싶었다. 무슨 운명을 타고났기에 한국 사람으로 태어나 오만의 무스카트에서 불귀의 객이 되어야 한다는 말인가. 지옥 체험이 따로 없었다. '오만의 사이클론으로 우리 외교관 일가족이 비참하게 희생되었다'라는 방송과 신문의 뉴스 보도가 상상되었다. 그런 생각이 절로 들 정도로 상황은 심각했고 절박했다. 전깃불이 없어 아무것도 보이지 않아 공포감이 더했다. 물이 조금만 더 차오르면 2층도 물바다가 될 상황이었다. 손으로 물 높이를 가늠하면서 공포에 떨고 있었다.

물이 더 이상 높아지지 않고 한동안 그대로였다가 조금씩 낮아지기 시작했다. 그때 우리 가족은 얼싸안고 울었다. 이제 살았다며 소리쳤다. 1층 천장까지 완전히 침수되고 내 승용차가 흙탕물에 흔적도 없이 사라졌지만, 그 순간 우리 가족은 이 세상에서 가장 행복한 사람들이었다. 죽지 않고 살았다는 기쁨의 눈물이요, 외침이었다.

무스카트 주거지에서 약 5km 정도 떨어진 곳에 저수지가 있는데, 그 저수지 둑이 터지는 바람에 순식간에 주거지가 휩쓸린 대형 침수 사고가 발생한 것이었다. 도시 전체가 심각한 피해를 입었으나, 내가 거주하는 지역의 피해가 가장 컸다. 야적장에 주차되어 있던 일본에서 갓 수입된 수백 대의 신규 차량이 모두 침수되어 바다로 떠내려갔다. 도요타 자동차의 일부가 우리 집 앞을 따라 속절없이 둥둥 떠내려간 것이다. 도요타 자동차가 입은 피해액만 1천5백만 달러에 달했다.

날이 밝으며 드러난 사이클론의 참사 현장은 그야말로 아수라장이었다. 물이 빠져나간 우리 집 1층은 흙탕물을 뒤집어쓴 가구들로 처참했고, 집 앞마당에 주차된 나의 은색 Volkswagen Passat는 흉한 얼굴을 처참하게 드러냈다. 어제 물이 2층까지 차오르다가 멈췄을 때는 살아 있음에 감사했다. 하지만 사람의 마음이란 어찌 이리도 간사한지. 그때 그 감사한 마음은 온데간데없이 사라져 버리고 왜 내가 오만까지 와서 이런 천재지변을 겪어야 하는지 원망스러울 뿐이었다.

이웃집 등 온 동네가 쑥대밭이었다. 집 앞 도로에는 쓸려 내려온 도요타 승용차가 뒤엉켜 전쟁터가 따로 없었다. 전기도 끊기고 수돗물도 단수되었다. 40도를 넘어가는 날씨에 씻지도 못해 온몸은 땀으로 끈

적거리고 몰골이 말이 아니었다. 아무것도 먹지 못했다. 배고픔도 몰랐다. 주위 오만 이웃들은 넋을 놓고 있었다. 생전 처음 겪는 일이라 어떻게 해야 할지, 어디에서부터 손을 대야 할지 몰라 넋을 놓고 있었다.

대사님께 핸드폰으로 보고를 드렸다. 걱정하지 말고 조금만 참고 있으라고 했다. 대사님의 목소리가 믿음직했다. 아버지 같고 큰형님 같기도 했다. 보고를 드리고 나니 괜히 눈물이 흘러내렸다. 그렇게 1시간쯤 넋을 놓고 가족들과 끈적끈적한 몸으로 집 앞을 서성거리고 있었다.

내 평생 이런 일은 한 번도 겪어 보지 못했는데. 먼 오만에서, 1년 내내 거의 비가 내리지 않는 사막의 나라에서 홍수 피해를 당하다니 보고도 믿기지 않았다. 누가 이걸 믿겠는가. 불현듯 가족이 불쌍했다. 남편을 따라 아빠를 따라 이곳 무스카트까지 와서 이런 일을 당하다니. 모든 것이 나의 죄인 것 같았다. 이 어려운 시기에 대사님이 아버지 같고 큰형님 같은 것처럼 나도 가족에게 그런 사람이 되어야 하지 않겠는가. 내가 무너진다면 어떻게 되겠는가. 다시금 온 가족이 자연재해에서 무사히 살아남았음을 조상님께 감사하고 힘을 내자고 마음속으로 다짐했다.

폐허가 된 도로에는 자동차가 한 대도 지나가지 않았다. 그때 저 멀리서 물탱크 차량이 흙탕물을 튀기며 다가왔다. 그 뒤로 눈에 익은 차량이 함께 다가왔다. 대사님의 승용차와 공관 행정차였다. 대사님과 사모님이 같이 오셨다. 그리고 행정차에서 공관 현지 행정 직원들이 청소 도구를 들고 내렸다.

"김 서기관 집을 전력을 다해 복구해야 한다"라며 현지 직원들에게 대사님이 지시하셨다. 대사님은 정말 믿음직한 야전 사령관이었다. 대사님과 사모님은 관저에서 준비한 음식과 물을 남겨 두고 아들과 딸을 관저에 데려가 씻기고 먹이고 재우겠다면서 아들과 딸과 함께 떠났다. 그때 나와 집사람은 흐르는 눈물을 주체할 수 없었다.

물탱크의 물로 청소 작업이 시작되었다. 다행히 수마가 휩쓸고 간 다음 날은 40도가 넘고 땡볕이 내리쬐었다. 현지 직원들이 모두 달라붙어 가구를 씻어 마당에 말리고 흙탕물과 오물을 치웠다. 오만 이웃들은 자기는 손도 대지 못하고 있는데 어떻게 이렇게 빨리 복구할 수 있냐며 다들 부러워했다.

그날 저녁부터 전기가 들어올 때까지 며칠 동안 집사람은 관저에서 애들과 숙식을 해결했다. 낮에는 집에 와서 가재도구를 정리하고 복구했다. 나는 사무실 소파에서 며칠 밤을 보냈다.

물에 잠겼던 차량은 폐차시켰다. 수리는 가능하나 수리비가 신차 구입비보다 더 비싸고, 수리했다 하더라도 한 번 물먹은 차는 언제 고장날지 모른다며 폐차하는 것이 답이라고 해서 미련 없이 그렇게 했다. 독일 베를린에서 구입하여 3년간 이용하다 컨테이너 이삿짐으로 무스카트까지 같이 왔는데, 나는 그런 정든 애마에게 그렇게 속절없이 작별을 고했다.

본부에 피해 상황을 보고했더니 믿기지 않는다고 했다. 어떻게 사막의 나라에서 그런 처참한 홍수 피해를 당할 수 있느냐고. 그러나 본부는 나의 어려운 처지에 공감하고 도와주려고 무척 애를 썼다. '재외공무원 재해 보상 규정'에 따라 차량과 가구 피해에 대해 일부 보전도 받았다. 금전적인 보상을 떠나서 그때 본부 담당 과장과 직원의 따뜻한 위로와 도움에 깊은 동료애를 느꼈다.

무엇보다도 그때 무스카트 자연재해를 생각하면 대사님과 사모님의 따뜻한 마음이 떠올라 가슴이 뜨거워진다. 현지 직원들은 또 얼마나 좋은 사람이었던가. 자연재해를 당해 정말 망연자실했지만 이제 와서 돌이켜 보니 그 어려움을 통해 인연의 소중함을 다시금 느꼈다. 나에겐 너무나 소중한 사람들이다.

"신이시여, 그들에게 자애로운 은총을."

어쩌다 외교관,
그러다 방랑자

17

별이 빛나는 밤에

별이 빛나는 밤에

별은 빛나고 대지는 싱그러웠지. 정원의 문이 삐걱대며 길을 따라 발소리가 바스락거리며 땅을 스쳤지. 향기로운 그녀가 다가와 내 품에 안겼지. 오, 부드러운 입맞춤. 오, 달콤한 어루만짐. 떨리는 손길로 베일을 벗겼지. 그녀의 고운 얼굴이 모습을 드러냈어. 아. 그 사랑이란 꿈은 영원히 사라지고 시간은 흘러가 나는 이제 절망 속에 죽는구나. 이토록 삶이 절박한 때가 또 있었을까? 이토록이나.

– 오페라 아리아, 토스카의 <별은 빛나건만>

아가씨는 훤하게 먼동이 터올라 별들이 빛을 잃을 때까지 꼼짝 않고 그

어쩌다 외교관, 그러다 방랑자

대로 기대고 있었습니다. 나는 그 잠든 얼굴을 지켜보며 꼬박 밤을 새웠습니다. 가슴이 설렘을 어쩔 수 없었지만 그래도 내 마음은 오직 아름다운 것만을 생각하게 해 주는 그 맑은 밤하늘의 비호를 받아 어디까지나 성스럽고 순결함을 잃지 않았습니다. 우리 주위에는 총총한 별들이 마치 헤아릴 수 없이 거대한 양 떼처럼 고분고분하게 고요히 그들의 운행을 계속하고 있었습니다. 그리고 이따금 이런 생각이 내 머리를 스치곤 했습니다. 저숱한 별들 중에 가장 가냘프고 가장 빛나는 별님 하나가 그만 길을 잃고 내 어깨에 내려앉아 고이 잠들어 있노라고.

- 알퐁스 도데의 『별』

아리 아리랑 쓰리 쓰리랑 아라리가 났네. 청천 하늘엔 잔별도 많고 우리네 가슴속엔 수심도 많다. 노다 가세 노다나 가세 저 달이 떴다 지도록 노다나 가세. 세월아 네월아 오고 가지를 말어라 아까운 청춘이 다 늙어 간다. 아리 아리랑 쓰리 쓰리랑 아라리가 났네.

- 남도민요, <진도 아리랑>

자 떠나자. 별을 찾아 와이바(Waiba) 사막으로. 광활한 우주가 펼치는 화려하고 숨 막히는 별들의 잔치로.

오후 3시쯤 우리 가족을 태운 승용차가 집을 나섰다. 무스카트를 벗어난 승용차는 속도를 내기 시작했다. 나무 하나 풀 한 포기 없는 검은 돌산을 이리 돌고 저리 돌아 달린다. 돌산이라고 했지만, 돌산이라고 할 수도 없다. 산 모양으로 생긴 검게 생긴 크고 작은 바위들이다. 깎아 지르는 봉우리와 암벽을 갖춘 높은 산 같은 바위가 있는가 하면, 그 옆에 동네 뒷동산과 같은 야트막한 동산 같은 바위도 있다. 셀 수 없이 많은 검은 바위들은 다양한 모습으로 여행객들에게 집합의 아름다움을 선물하며 지구의 모습이 아닌 달나라, 어느 별나라 풍광을 보여 주고 있다.

그렇게 2시간 정도를 달려 우리 가족은 와이바 사막 입구의 주차장에 도착했다. 와이바 사막 캠프장에서 제공한 버스를 타고 30분을 더 달려 사막 한가운데 위치한 캠프장 숙소에 도착했다.

와이바 사막은 경이로움 그 자체였다. 끝이 보이지 않는 사막의 광대함은 말할 필요도 없다. 붉고 고운 모래 언덕이 펼치는 곡선미의 아름다움은 말로 설명할 수 없다. 그 고운 모래가 바람의 도움을 받아 높은 산도 만들고 완만한 구릉과 초원도 만들고 깎아 지르는 절벽도 만들었다. 대자연이 고운 모래로 마음 닿는 대로 장난치듯 만들어 낸 예술품이었다.

와이바 사막의 캠프장 숙소를 찾아온 사람들은 대부분 유럽에서 온 휴가객들이었다. 독일 사람도 꽤 있었다. 그들은 환상적인 사막의 아름다움에 매료되어 탄성을 지르기 바빴다. 사막 한가운데 있는 캠프장 숙소에는 당연히 전기가 공급되지 않았다. 발전기를 돌려 전기를 생산하고, 그 전기로 만들어진 음식이 제공되었다. 오만의 전통이 잘 녹은 붉은 색 아랍 문양의 소박한 텐트 아래에서 오만 음식을 즐기고 향기로운 카와(아랍 커피)를 즐기는 사이 와이바 사막의 밤은 깊어가고 있었다. 식당이 있는 텐트를 중심으로 방갈로식 텐트가 주위에 산재해 있다. 그 개별 방갈로식 텐트에는 별들과의 환상적인 만남을 위한 평상이 나란히 자리 잡고 있었다.

어느새 와이바의 사막은 밤 10시를 넘어 11시를 향해 달려가고 있었다. 휴가객들은 각자 방갈로 텐트로 별들을 찾아 흩어졌고, 시끌벅적했던 텐트 식당은 어느새 적막감에 사로잡혔다. 마침내 사막의 유일한 불빛이었던 텐트 식당의 불빛도 생명을 다했다. 사막의 고요함을 방해하던 발전기 소리도 숨을 죽였다. 칠흑 같은 어둠뿐이었다. 새소리 바람 소리도 숨을 멈춘 고요한 세상이었다.

우리 가족은 방갈로 텐트 숙소 옆에 있는 평상에 나란히 누웠다. 광활한 우주와 대화를 나누는 시간이 시작되었다. 캄캄한 하늘에서 반짝반짝 빛나는 별이 마구 쏟아진다. 캄캄한 하늘은 하얀 밀가루 가루를 뒤집어쓰고 있었다. 말로 도저히 설명할 수 없는 환상의 우주쇼가 우리 가족의 눈앞에 그렇게 펼쳐지고 있었다.

"아빠, 밤하늘의 별들이 이렇게 많고 눈부시게 반짝이는 줄 몰랐어. 저렇게 하얀 밀가루 같이 뿌려진 건 뭐야?"

"응, 저게 바로 은하수야. 얼마나 많은 별이 있으면 저렇게 우윳빛을 띠고 있겠니. 황홀함을 떠나 소름이 끼칠 정도다."

"아빠가 초등학교를 다니던 시절, 아빠 섬 동네 고향에서도 밤하늘의 별 잔치가 정말 대단했어. 은하수도 볼 수 있었고. 요즈음은 무슨 이유인지 시골에서도 밤하늘의 별을 많이 볼 수 없어. 저렇게 총총히 빛나지도 않는 것 같고. 아빠가 어렸을 때는 여기 와이바 사막의 별 잔치보다는 못하지만 그래도 대단했는데. 할머니 무릎에 누워 하늘의 별 잔치를 자주 봤어. 할머니는 우리 거금도 섬 동네에서 둘째가라면 서러워할 정도로 노래를 잘 불렀어. 특히 〈진도 아리랑〉을 아주 잘 불렀어. 할머니의 민요 가락은 당시 어린 아빠가 봤을 때도 대단했어. 특히 진도 민요 중에서 '청천 하늘엔 잔별도 많고 우리네 가슴속엔 수심도 많다'라는 구절이 마음에 끌렸어. 어린 내가 뭘 알았겠냐만 왠지 그 구절이 가슴에 와 닿았지. 오늘 와이바 사막의 별 잔치를 보고 있으니 돌아가신 할머니 생각도 간절하고 할머니의 그 '청천 하늘엔 잔별도 많고' 노랫가락이 귓전에 맴돈다."

"얘들아. 알퐁스 도데의 단편 소설 『별』 알고 있어?"

"아직 읽진 않았지만 전에 프랑스 프로방스에 놀러 갔을 때 아빠가 이야기해줘서 알고 있어요. 꼭 읽어야 할 유명한 단편 소설이라고 했잖아요."

"그래, 아주 유명한 단편 소설이지. 아빠가 고등학교 다닐 때 국어 교과서에 나온 단편 소설이야. 아빠가 태어난 거금도도 참 아름다운 곳이지만, 아빠가 만약 알퐁스 도데처럼 프랑스 프로방스에서 태어나고 자랐다면 『별』보다 훨씬 더 낭만적인 소설을 쓸 수 있었을 텐데. 알퐁스 도데는 그림같이 아름다운 프로방스에서 태어나고 자랐으면서 영감을 어떻게 받았기에 그 정도밖에 쓸 수 없었을까. 아빠가 거기서 태어났으면 몇 배 더 낭만적인 불후의 명작을 남겼을 텐데 말이야."

"아름다운 낭만적인 소설이라며 꼭 읽어 봐야 한다고 말할 때는 언제고."

"그래, 아빠가 농담으로 그냥 해 본 소리야. 아빠가 무슨 문학적인 재주가 있어서 알퐁스 도데의 『별』과 같은 불후의 명작을 쓸 수 있겠니. 그냥 배가 아파서 하는 소리지. 프로방스의 쏟아지는 화려한 별들의 잔치를 보며 양치는 목동과 주인집 아름다운 아가씨의 수채화와 같은 낭만 이야기를 쓸 수 있었다니 정말 대단해. 아빠 같으면 화려한 별 잔치에 그냥 탄성이나 지르고 말았겠지. 어떻게 이런 눈물 나게 아름다운 글을 쓸 수 있겠어."

와이바 사막의 별 잔치는 자정을 넘어 밤이 깊어갈수록 화려함과 황홀함을 더해 갔다. 화려한 우주쇼에 몸과 마음이 녹아 버린 가족들이 잠자리에 들기 위해 방갈로 텐트 안으로 들어갔다.

이제 나 혼자 외로이 쏟아지는 별들과 대화를 나눈다. 문득 자코모 푸치니 오페라 토스카의 그 유명한 아리아 〈E lucevan le stelle(별은 빛나건만)〉이 떠올랐다. 사랑하는 연인 토스카를 두고 처형을 기다리는 카바라도시가 처형 전날 밤 반짝이는 별 아래서 토스카에게 마지막 편지를 남긴다. 그녀와의 아름다운 추억을 회고하며 부르는 그 가슴 절절하고 비통한 아리아의 곡조와 노랫말이 떠오른다.

사랑이란 꿈은 영원히 사라지고 시간은 흘러가 나는 이제 절망 속에 죽는구나. 이토록 삶이 절박한 때가 또 있었을까. 이토록이나.

화려한 별들의 잔치가 모든 사람에게 행복과 낭만만을 선사하지는 않는다. 때로는 카라바도시가 느꼈을 절망과 생에 대한 강한 애착도

주었으리라. 밤하늘의 그 수많은 화려한 별들을 바라보며 어떻게 처형을 운명으로 받아들일 수 있었겠는가. 그에겐 잔인한 별들의 합창이 아니었겠는가.

별이 쏟아진다. 내 고향 거금도의 별이 돌아가신 엄마에 대한 그리움과 함께 와이바 사막에 쏟아진다. 별이 쏟아진다. 프로방스의 낭만 이야기가 별이 되어 와이바 사막에 쏟아진다. 별이 쏟아진다. 카바라 도시의 절망의 별이 와이바 사막에 쏟아진다. 별이 빛나는 밤에….

18

내 고향은 하이파,
내 고향은 하이파

내 고향은 하이파, 내 고향은 하이파

고향이 그리워도 못 가는 신세. 저 하늘 저 산 아래 아득한 천 리. 언제나 외로워라. 타향에서 우는 몸. 꿈에 본 내 고향이 마냥 그리워. 고향을 떠나온 지 몇몇 해던가. 타관 땅 돌고 돌아 헤매는 이 몸. 내 부모 내 형제를 그 언제나 만나리. 꿈에 본 내 고향을 차마 못 잊어.

　한국 전쟁으로 정든 고향을 떠나야만 했던 실향민의 가슴 절절한 슬픔과 안타까움을 담은 〈꿈에 본 내 고향〉의 노랫말이다.
　언젠가는 돌아가리라, 돌아갈 수 있으리라 실낱같은 희망을 품고 불렀던 노래다. 가난에 허덕이는 가족을 먹여 살리기 위해 이역만리 서독 땅을 밟았던 젊은 파독 광부, 간호사들의 그리움이 담긴 노래이기

　　　　　　　　　　　어쩌다 외교관, 그러다 방랑자

도 했다. 그러나 〈꿈에 본 내 고향〉이 단지 그들만을 위한 노래겠는가? 고향을 떠났으나 그 고향을 잊지 못하고 있는 지구촌 수많은 사람에게 바치는 슬픔의 노래요, 위로의 노래이기도 하다.

이스라엘에 대한 팔레스타인 무장 정파 하마스의 무차별 테러 공격으로 이스라엘과 하마스가 전쟁 상태에 있다. 이스라엘의 강력한 군사적 보복 조치는 예견된 일이었다. 백주 대낮에 그렇게 속절없이 당했는데 가만히 있을 수 있겠는가. 아무 죄 없는 이스라엘 민간인을 무차별하게 살해하고 납치한 하마스의 공격은 비난받아 마땅하며, 그에 대한 책임을 져야 한다.

무고한 이스라엘 시민들의 희생도 안타깝지만, 이스라엘군의 군사 작전으로 현재까지 약 2만 명의 팔레스타인 사람이 죽었다. 그중 어린이 희생자가 엄청나다. 정말 가슴 아픈 비극이며 인도적인 대재앙이 아닐 수 없다. 전기, 수도 등 사람이 살아가는 데 필요한 인프라가 완전히 붕괴되어 버린 가자 지구는 그야말로 지옥이 따로 없는 상황이다. 영국 공영 방송 BBC는 병원 인큐베이터가 작동되지 않아 조산아가 세상의 빛을 보자마자 하늘의 별이 되어 버린 가슴 아픈 뉴스를 보도하기도 했다.

미국, 유럽 국가 등 서방 국가들이 하마스의 공격을 테러로 간주하고 이스라엘 지지를 선언했으나, 아무 죄 없는 팔레스타인 민간인의 희생이 너무나 커서 서방 국가들이 당황하고 있다. 유엔은 말할 필요도 없고, 이스라엘을 일방적으로 지지하고 있는 미국도 팔레스타인에 대한 인도적 지원을 위해 이스라엘에 임시 휴전을 촉구하고 있다. 프랑스 대통령은 팔레스타인 여성과 어린이에 대한 학살을 당장 멈추라고 이스라엘에 요구했다. 최근 이스라엘과 팔레스타인 서안 지구를 방문한 독일 외무장관은 이스라엘의 상황이 이해되는 한편 팔레스타인의 상황도 이해되는, 안방에 가면 시어머니 말이 맞고 부엌에 가면 며느리 말에 고개가 끄덕여지는 이러지도 저러지도 못하는 딜레마에 빠져 있다고 자인하였다. 그녀는 엄마가 어디로 사라져 버렸는지 몰라 울고 있는 피로 물든 팔레스타인 소녀의 얼굴을 마주하면서 정치인을 떠나 자식을 둔 엄마로서 견딜 수 없는 고통을 느끼고 있다면서 임시 휴전을 호소했다.

그러나 이스라엘은 무슨 소리냐며 공세를 멈추지 않고 있다. 부패 혐의와 무리한 사법 개혁 추진으로 국민적인 저항에 부딪힌 네타냐후 총리는 자신의 정치적 생존을 위해 강경 노선을 취할 수밖에 없을 것이다. 네타냐후 총리의 정치 성향이 보수 우파인 데다, 연정에 참여하고 있는 정당들에 극우 유대주의자들이 많기 때문이다.

이스라엘 정부가 금번 하마스 공격을 부추겼다는 주장도 상당한 설득력을 얻고 있다. 연정에 참여한 극우 유대주의 정당 출신 장관들은 팔레스타인을 지구에서 멸종시켜야 한다고 시도 때도 없이 자극하는 강성 발언을 해왔다. 그들에게 대화와 타협이란 단어는 없다. 팔레스타인과 상호 공존은 상상할 수도 없는 일이다.

과격 극우파들이 설치는 곳에 평화는 없다. 고통받는 사람들의 분노가 강이 되어 흐를 뿐이다. 죽지 않고 살아남았다는 기쁨도 한순간이다. 고향을 떠나, 살던 곳을 떠나 정처 없는 고통의 길을 떠나야만 한다. 죽은 사람은 죽어서 억울하고 산 사람은 살아서 고통스러울 뿐이다.

어쩌다 외교관, 그러다 방랑자

바빌론의 강가에서 우리는 앉아 있었네. 우리들은 시온을 생각하며 눈물을 흘렸네. 침략자들이 우리를 끌고 와서 노래하라고 하지만 우리가 어떻게 이방의 땅에서 주님의 노래를 부를 수 있겠어요.

구약 성서 시편 137편을 배경으로 한 보니 엠의 Rivers of Babylon (바빌론의 강가에서) 노래 가사이다. 기원전 6세기에 나라를 바빌론에 빼앗기고 포로로 끌려간 유대인들이 시온(예루살렘)을 그리워하며 부른 노래다.

1948년 시오니즘에 의한 이스라엘 건국과 중동 전쟁을 거치며 이스라엘이 점령한 지역에서 팔레스타인 사람들이 추방당하거나 강제로 이주당했다. 이스라엘 민족이 탄압받으며 세계 각지를 떠돌았던 Diaspora(다이에스포러)는 하루아침에 삶의 터전을 빼앗기고 흩어져야 했던 팔레스타인 사람에게 또 다른 모습으로 나타났다. 그렇게 역사는 유사한 모습으로 돌고 도는 것이다. 이스라엘 민족이 바빌론에서 시온을 그리워하며 눈물을 흘렸듯이 팔레스타인 민족 또한 그들의 고향이었던 팔레스타인 땅을 그리워하며 눈물을 흘리고 있는 것이다.

나는 주쿠웨이트 대사관 참사관으로 근무하는 동안 팔레스타인의 Diaspora를 함께 했던 적이 있다. 쿠웨이트는 같은 아랍 형제 국가로서 Diaspora의 운명에 떠도는 팔레스타인 난민들을 따뜻하게 안았다. 그래서 쿠웨이트 내 팔레스타인 사람들의 공동체가 상당히 활성화되어 있다. 쿠웨이트는 팔레스타인을 독립 국가로 인정하여 외교 관계를 맺고 있으며, 이에 따라 쿠웨이트에 팔레스타인 대사관이 상주하고 있다.

팔레스타인 대사관은 팔레스타인 공동체와 협력하여 매년 '팔레스타인의 날'을 개최하고 있다. 나는 그 행사에 초청되어 참석했다. 그리 화려한 행사는 아니지만, 팔레스타인 문화의 단면을 보여 주는 의미 있고 가슴 따뜻한 행사였다. 액세서리가 섬세하게 장식된 전통 여성 의상, 팔레스타인의 명물이라고 자랑하는 오렌지와 올리브유 등 농산물. 팔레스타인 치즈와 음식 등 먹거리와 팔레스타인 사람들의 영혼의 울림인 노래와 전통 악기 연주를 들으며 삶의 터전을 하루아침에 빼앗기고 방황하는 그들의 삶에 공감하고 가슴 아파했다. 전통 의상을 입어 보고 음식을 먹고 올리브기름을 사는 것으로 나는 다이에스포러의 운명에도 결코 시들지 않는 그들의 용기와 희망에 함께했다. 그리고 그들의 행복을 진심으로 빌었다.

쿠웨이트 어머니날 다음 날에 개최된 '팔레스타인의 날' 행사는 울음바다가 되기도 했다. 나도 눈시울을 적시고 말았다. 어머니날을 맞이하여 쿠웨이트 유명 일간지가 1면에 엄마의 무덤을 찾은 팔레스타인 어린 소녀의 사진을 크게 게재하였다. 2차 intifada(팔레스타인 2차 민중 봉기)에 희생된 엄마의 무덤을 찾은 사진이었다. 학교에 가면서 엄마의 무덤을 찾은 것인지 공부가 끝나고 무덤을 찾은 것인지 사진으로는 알 수 없었으나, 야생화 몇 송이를 한 손에 쥐고 가방을 등에 그대로 멘 상태로 엄마의 차가운 콘크리트 무덤에 뺨을 비비며 울고 있는 모습이었다. 친구들은 어머니날을 맞아 살아 계시는 엄마에게 화려한 꽃을 선물하겠지만, 이 가엾은 소녀는 죽은 엄마를 그리워하며 무덤으로 가는 길에 보잘것없는 야생화를 꺾었다. 그때의 마음이 오죽했을까. 사람들은 그 소녀가 등에 메고 있는 가방을 보고 눈물을 훔치고 말았다. 얼마나 엄마가 그리웠으면 가방 내려놓을 생각도 하지 못했을까. 얼마나 엄마의 따뜻한 체온이 그리웠으면 콘크리트 무덤에 볼을 비비며 울고 있었을까. 행사장을 찾은 사람들은 그 소녀의 사진에 눈물과 함께 무너져 내렸다.

쿠웨이트 우리 대사관에 근무하고 있는 공관장 여비서는 팔레스타인 사람이다. 팔레스타인 사람의 국립 쿠웨이트대학교 입학은 하늘의 별 따기처럼 어려운 일이라고 한다. 그러나 그녀는 공부를 잘해서 팔레스타인 사람임에도 불구하고 쿠웨이트대학교 입학 허가를 받았고, 무사히 졸업하여 우리 대사관에서 근무하고 있다. 그녀의 업무 처리 능력을 보면 쿠웨이트대학이 사람 보는 눈이 확실히 있다고 말할 수 있을 것 같다.

그녀의 아버지는 이스라엘이 건국된 후 고향인 하이파(Haifa)에서 추방되었다. 다이에스포러 신세가 되어 홀어머니를 모시고 어렵게 쿠웨이트에 도착해 갖은 고생을 하다 팔레스타인 여성을 만나 가정을 꾸리게 되었다. 하이파에서 추방될 당시 그녀의 아버지는 17세의 청년이었다. 그는 고향 하이파에 묻히고 싶어 했던 어머니를 쿠웨이트 땅에 묻으며 서러움에 절규했다. 그녀의 아버지는 다이에스포러 신세를 끝내고 언젠가는 다시 고향 하이파로 돌아갈 수 있으리라 믿으며 고향을 그리워하는 노래를 불렀다.

하이파는 이스라엘에서 3번째로 큰 도시로 이스라엘 북부 지중해 해변에 자리 잡은 아름다운 곳이다. 그녀의 아버지가 고향에서 추방되었을 때는 지금처럼 발전된 모습이 아니었지만, 아름다운 자연과 넉넉한 인심이 강물처럼 흐르는 낙원이었다. 그녀의 아버지는 하이파 뒷산에서 바라보는 눈부신 지중해와 올리브, 오렌지 동산을 잊지 못하고 그리워했다. 그는 날마다 "내 고향은 하이파, 내 고향은 하이파"라고 노래하며 울었다.

그러나 그녀의 아버지에게 다이에스포러의 운명은 가혹했다. 울며 떠난 고향은 영원히 갈 수 없는 '꿈에서나 그리는, 꿈에 본 내 고향'이 되고야 말았다. 65년이 넘은 타향살이의 서러움은 겹겹이 쌓이고 쌓인 한이 되고 말았다.

그녀의 아버지는 끝내 고향 땅 하이파에 발을 디디지 못하고 한 많은 세상을 뒤로한 채 떠났다. 대사관 직원들이 모두 조문을 갔다. 그녀는 우리를 붙들고 서러운 눈물을 쏟아 냈다. 치매로 병상에 누운 그녀의 아버지는 딸의 이름도 기억하지 못했다. 그러나 마지막 숨을 거두기 전까지 쿠웨이트 땅에 묻힌 어머니의 이름과 고향 하이파라는 이름을 잊지 않았다. 가는 소리로 뱉은 "하이파, 하이파"가 그의 마지막 소리였다.

그녀는 아버지를 할머니와 어머니가 잠들어 있는 쿠웨이트 공동묘지에 묻었다.

19

사지드를 기다리며

사지드를 기다리며

사지드가 온다. 사지드가 서울에 온다. 손꼽아 기다리는 사지드가 마침내 카라치에서 온다.

옛날 오만 무스카트에서 사이클론으로 홍수 피해를 크게 당했다. 그런데 그것으로는 부족했던 것일까? 또 다른 자연의 무서움이 카라치에 도착한 나를 기다리고 있었다.

도착한 지 일주일 만에 몬순 비바람이 카라치에 몰아쳤다. 몬순은 태풍이나 사이클론과 달리 바람이 심하게 불지 않았다. 대신 상상할 수 없는 폭우가 쏟아졌다. 과거 몬순 시즌에는 비가 그렇게 많이 내리지 않았다고 한다. 그러나 2020년 8월 28일 카라치의 하늘에는 그냥 구멍이 나 버렸다. 양동이로 쏟아붓는 듯한 폭우에 배수 시설이 거의

어쩌다 외교관, 그러다 방랑자

없는 카라치는 속절없이 물바다가 되어 버렸다. 100여 명의 사망자가 발생한 대재앙이었다.

공관 청사는 다른 곳보다 상대적으로 저지대에 위치했던 탓에 피해가 더 심각했다. 다행히도 관저는 약간 높은 곳에 있었던지라 홍수가 큰소리치지 못하고 지나갔다. 청사 사무실도 차단벽 덕분에 침수 위기를 넘겼다. 그러나 지하 주차장은 그러지 못했다. 순식간에 밀려든 물에 공관 행정차가 희생되고 말았다.

물이 가슴 높이까지 찼던 청사 앞 도로는 다음날까지도 마르지 않았다. 도로가 아니라 호수였다. 고무보트가 없으면 한 발짝도 움직일 수 없었다. 통행 자체가 불가능한 고립된 상황에 전 직원이 청사에서 하룻밤을 보내야만 했다.

전기 공급도 중단되었다. 카라치 당국이 감전 사고를 우려하여 단전했다고 발표했지만, 날마다 몇 시간씩 전기 없이 사는 게 카라치의 일상이다. 청사에 있는 비상용 발전기를 가동했으나 비축해 놓은 디젤 기름이 넉넉지 않아 그마저도 오래 돌릴 수 없었다. 에어컨을 가동하기 위해 발전기를 돌리는 것은 생각할 수도 없었다. 40도에 가까운 다습한 날씨와 모기 때문에 다들 뜬눈으로 밤을 지새웠다. 비상식량으로 둔 컵라면을 끓일 때만 발전기를 가동했고, 그 컵라면마저도 부족해 13명의 직원이 조금씩 나눠 먹어야 했다. 카라치에 오자마자 신고식을 제대로 치른 것이다.

다음 날 저녁이 되어서야 무릎 높이까지 물이 빠져 직원들이 집으로 돌아갈 수 있었다. 그러나 외교 통신망은 여전히 단절되어 본부와 연결이 되지 않았다. 비상 위성 통신도 먹통이었다. 약 1주일 동안 본부와 통신이 끊긴 최악의 상황이었다.

모든 직원이 오도 가도 못하고 뜬눈으로 지새운 밤이 지나가고 아침이 밝았다. 상황을 살피기 위해 2층에 있는 사무실을 빠져나와 파키스탄 행정 직원들이 있는 아래층으로 내려왔다.

모두가 힘이 빠진 모습으로 의자와 소파에 몸을 기대고 있었다. 당연하지 않겠는가? 숨 막히는 열대야와 모기의 공격에 버틸 수 있는 천하장사가 어디에 있겠는가?

그런데 누수로 얼룩진 노후화된 청사 내부와 외부를 살피고 점검하며 이리저리 정신없이 뛰어다니는 직원이 있었다. 그가 바로 사지드였다.

2층 사무실 창문을 통해 지켜본 그의 모습은 감동 그 자체였다. 절망적인 순간이었으나 나는 그의 모습에서 희망을 보았다. 사지드가 우리 공관에 있는 한 어떠한 어려움도 다 헤쳐 나갈 수 있을 것 같았다.

그의 움직임은 결코 남의 눈을 의식해서 나오는 것이 아니었다. 시설관리가 자신의 업무라며 부지런히 뛰어다니고 있지만, 그뿐만이 아니었다. 그는 천성이 선한 사람이고 부지런한 사람이었다. 돕는 것을 기뻐하는 사람이었다.

게다가 무엇이든 그의 손이 닿으면 죽었다가도 살아난다. 전기, 통신, 컴퓨터 등에 높은 지식과 경험을 가진 그는 제 능력을 발휘해 단전, 통신 두절 등 낙후된 환경에서도 원활한 공관 업무 수행을 위해 낮과 밤을 가리지 않고 움직였다. 한 마디로 우리 공관 최고 필수 현지 직원이다.

사지드는 현재 우리 공관에서 11년 넘게 근속하고 있다. 그리고 평생 우리 공관을 떠나지 않을 것이다. 그는 카라치 공관의 역사이자 자랑이고 전설이 될 것이다.

어느 날 오전, 사지드로부터 급한 전화를 받았다. 출근길에 교통사고를 당했다고 했다. 넘어져서 골절상을 당하는 바람에 당분간 출근할 수 없게 되었다며, 차도를 보이면 목발에 의존해서 출근하겠다고 거듭 미안해했다.

카라치 시민의 발은 작은 오토바이이다. 인구 2천4백만 혼잡한 거대 도시의 95%가 오토바이에 의존하여 신산한 삶을 살아가고 있다.

머리를 다치지 않은 것이 천만다행이었다. 카라치 사람들은 헬멧을 거의 착용하지 않는다. 안전 의식이 별로 없기 때문이다. 헬멧을 착용했다면 살았을 사고가 자주 발생하니 안타까움을 금할 길이 없다.

또한 카라치의 대기 오염은 세계 최악이다. 그런데도 그들은 대부분 마스크를 쓰지 않는다. 짧은 시간도 아니고 먹고 살기 위해 1시간, 2시간을 달리면서도 헬멧도 마스크도 착용하지 않는다.

공관 직원의 안전과 건강을 책임지는 것도 공관장의 아주 중요한 업무 중의 하나였다. 나는 카라치에 부임한 후 처음 몇 달 동안 현지 직원을 상대로 헬멧과 마스크 착용 캠페인을 적극적으로 펼쳤다. 그 결과 모든 현지 직원이 헬멧과 마스크를 습관적으로 착용하게 되었다.

1호차 운전원에 이어 사지드도 오토바이 사고를 당했으나, 헬멧 덕분에 머리를 다치지 않았다. 현지 직원들은 모두 안전 캠페인을 적극적으로 펼친 나에게 고마워했다.

사지드가 다리에 깁스를 하고 누워 있다고 하니 걱정도 되고, 한편으로는 현지 직원들이 어떻게 살고 있는지도 궁금하여 가정 방문을 가기로 결심했다.

사지드는 카라치 공항 근처에 살았다. 1호차 운전원과 행정차 운전원도 가까운 거리에 살고 있다고 해서 직원 3명의 집을 모두 방문하기로 했다. 빈손으로 갈 수 없어 카라치 진출 우리 기업(롯데콜손)이 생산하는 초코파이와 음료수를 구입하여 사지드의 집부터 방문했다.

카라치는 60% 정도가 슬럼이다. 눈 뜨고 볼 수 없는 처참한 상황이다. 상위 5% 정도를 제외한 나머지 약 30% 정도도 슬럼은 아니지만 주거 환경이 열악하다.

공관 청사에서 사지드의 집까지 1호차로 약 1시간 정도 소요되었다. 그 1시간은 쓰레기 더미와 흙먼지와 함께 하는 시간이었다. 사지드와 다른 직원들이 매일 이 길을 따라 오토바이로 출퇴근하고 있다고 생각하니 한숨이 나오고 가슴이 답답했다.

사지드의 집은 좁은 골목길에 있어 큰길에 차를 세워두고 걸어가야 했다. 흙바닥에 쓰레기가 여기저기 나뒹굴고 파리떼가 들끓는 그런 골목길이었다. 내 눈에는 슬럼 지역과 큰 차이가 없어 보였으나, 1호차 운전원에 따르면 슬럼은 아니라고 했다. 소득이 높지 않은 시민들이 사는 보통의 거주지라고 했다. 1호차 운전원과 행정차 운전원이 사는 집도 거의 비슷했다.

조그만 방 2개와 그에 붙은 조그만 부엌이 사지드가 사는 천국이었다. 사지드의 부인이 그 좁은 공간을 쓸고 닦아 소박한 살림이 그나마 깨끗하고 정돈되어 보였다.

어쩌다 외교관, 그러다 방랑자

직원 3명의 가정 방문을 마치고 돌아오는 발걸음이 참으로 무거웠다. 그들의 신산한 삶에 비해 나의 카라치 생활이 너무나 사치스러웠기 때문이다. 세계 최빈국인 파키스탄과 우리나라를 비교할 수 없는데다, 총영사인 나의 위치와 그들의 상황이 다르긴 하지만, "사람 위에 사람 없고 사람 아래 사람 없다"라는 나의 평소 생각을 되새기게 하는 가슴 아프고 슬픈 시간이었다. 차라리 방문하지 말 것을, 내 눈으로 보지 말 것을 후회스럽기도 했다. 그러나 그들은 나와 한 지붕 밑에서 때로는 기뻐하고 때로는 고뇌하며 살아가는 가족이요, 식구다. 부족한 내가 현지 직원들을 위해 무엇을 해 줄 수 있을까, 그들을 어떻게 위로해 줄 수 있을까, 사무실로 돌아오는 길은 슬픔과 고뇌의 시간이었다. 그러나 같이 살아 보자는 다짐을 하는 가슴 뜨거운 시간이기도 했다.

우리 외교부는 재외공관에서 근무하고 있는 현지 직원들을 서울로 초청하는 의미 있는 행사를 시행하고 있다. 재외공관에서 우리나라를 위해 열심히 일하고 있는 현지 직원들에게 자부심을 심어 주고 그들의 기여와 노력을 치하하기 위한 좋은 프로그램이다. 초청된 현지 직원들은 1주일 동안 문화, 관광, 산업 시찰 등을 통해 우리나라를 직접 배우고 경험하게 된다.

그간 매년 50여 명을 초청해 왔는데, 코로나 때문에 그 사업이 3년 동안 중단되었다. 나는 사지드의 성실하고 책임감 있는 태도에 감동하여 그를 꼭 초청 행사에 보내 주고 싶었으나, 사업이 중단되어 아쉬움을 삼킬 수밖에 없었다. 그런데 2022년 가을에 본부로부터 코로나 상황이 개선되어 중단되었던 재외공관 현지 직원 초청 사업을 재개하겠다는 공문을 받았다. 예산 사정상 초청 대상자가 30명으로 줄어들었다는 문구도 쓰여 있었지만, 나는 재개된다는 사실이 너무나 기뻐 소리를 질렀다. 흥분의 도가니였다. 두 손을 치켜들고 만세를 외쳤다.

사지드를 반드시 서울로 보내야 한다. 나의 모든 힘을 다 동원해서라도 반드시 보내야 한다. 오직 그 생각뿐이었다. 사지드 같이 착하고 성실하고 공관 일을 자기 일보다 더 중하게 여기는 사람이 초청되지 못한다는 것은 있을 수 없는 일이다. 이런 천재일우의 기회를 놓쳐서는 안된다. 잠 못 이루는 밤이었다.

쉽지 않은 일이리라. 3년이나 시행되지 못한 탓에 180개가 넘는 재외공관에서 모두 신청하려 들 것이고, 특히 규모가 큰 공관에서는 복수로 신청할 테니까. 게다가 초청 인원도 30명으로 줄었다. 절대 만만한 싸움이 아니다. 최소 6:1, 최대 10:1의 경쟁을 뚫어야 하는 험난한 도전이다.

특단의 조치가 필요하다. 그것만이 성공을 보장한다. 적당한 노력으로는 사지드가 초청될 수 없다. 반드시 초청되도록 방법을 찾아야 한다.

밤새 머리를 이리 굴리고 저리 굴려 마침내 방법을 찾았다. 나는 사지드의 공적 조서와 공문 작성을 위해 직접 펜을 들었다.

(중략) 상기와 같은 사유로 동인은 '**공관 제1호 보물**'로 카라치 한인 사회에 널리 회자되고 있음…. (중략) 사지드의 무한한 책임감과 노력, 업무에 대한 끝없는 열정, 창의적이며 매사 적극적인 태도, 10년이 넘는 근속과 근속 기간에 기여한 그의 높은 공로, 그동안 우리 공관 직원이 표제

어쩌다 외교관, 그러다 방랑자

행사에 초청된 사례가 없었던 점, 카라치가 세계에서 가장 살기 어려운 도시 top 5에 드는 험지임을 고려하여 우리 공관 최우수 직원인 동인이 반드시 초청될 수 있도록 특별히 배려하여 주시기를 간곡히 건의 드림.

우리 공관에 초임 외교관으로 근무하는 양성철 부영사가 내가 작성한 공문 내용을 보고 겸연쩍은 미소를 지었다. 자기가 해야 할 일을 총영사가 직접 해 주어 고맙기는 하지만, 진한 글씨체에 크게 키운 포인트, 밑줄까지 그은 '공관 제1호 보물'이라는 표현이 공직 경험이 많지 않은 자신이 보기에 좀 유치하고 이상한 모양이었다. 그렇다고 직접 문서를 기안한 총영사에게 대놓고 이상하다고 할 수도 없는 노릇이니 난감한 표정밖에 지을 수 없는 것 같았다. 공관장이 문서 기안의 중요성을 강조하며 진지하게 설명하고 가르쳤는데, 정작 중요한 사지드 초청건에서 총영사라는 사람이 공문에 어울리지 않는 표현을 쓰다니. 대체 어쩌라는 말인가!

"양 부영사. 공문에 '공관 제1호 보물'이라는 표현을 쓴 게 이상해서 그런 표정을 짓고 있지요? 잘 압니다. 실무자라면 당연히 '성실하고 타의 모범이 되어'라고 작성할 테니까요. 어떻게 공문에다 '공관 제1호 보물'이라는 표현을 쓰겠습니까.

본부에서는 그 표현을 공관장이 결재하는 과정에서 추가했으리라고 생각하지, 결코 실무자가 문서를 처음 기안할 때 작성했으리라고 생각하지 않을 거예요. 그러니 그 공문이 서울 본부에서 웃음거리가 된다고 해도 내가 웃음거리가 되지, 양 부영사가 되지 않을 테니 걱정하지 마세요.

'카라치 총영사가 약간 맛이 갔구만' 하는 웃음거리가 된다고 해도 결론적으로는 좋은 결과가 나올 겁니다. 상투적인 표현으로는 본부의 관심을 끌 수 없어요. 사지드가 초청될 수만 있다면 저는 웃음거리가 되어도 좋습니다. 이대로 바로 보고합시다."

공문을 보내고 며칠 후에 본부에 전화했다.

"안녕하세요, 카라치 김학성 총영사입니다. 재외공관 현지 직원 초청 사업 건으로 전화 드렸습니다."

"아, 예, 총영사님. '공관 제1호 보물' 건 잘 접수했고 공적 조서 잘 읽었습니다. 사지드가 정말 훌륭한 직원이더군요. 오죽했으면 총영사님이 건의 전문에 '공관 제1호 보물'이라고 표현했겠습니까.

다른 공관에서 들어온 공문에는 모두 성실하고 책임감이 강하며 공로가 크다고 쓰여 있는데, 카라치에서 들어온 공문만 한가운데 진하게 밑줄까지 그은 큰 글씨체로 '공관 제1호 보물'이라고 적혀 있으니 눈에 확 들어 왔습니다. 다들 웃었습니다. 사지드를 서울에 꼭 보내고 싶어 하시는 총영사님의 간곡한 마음을 잘 알았습니다.

3년 동안 중단된 데다 초청 인원이 30명으로 줄어서 예상대로 경쟁이 치열합니다. 지금 상황에서 뭐라고 말씀드릴 수는 없습니다만, 총영사님의 마음을 고려하여 진지하게 검토하겠습니다."

나의 '공관 제1호 보물' 표현이 효과를 발휘했음을 직감할 수 있었다.

나는 이어서 본부에 보낸 장문의 이메일에도 사지드 초청의 당위성을 역설했다. 나의 이메일 제목은 '오늘도 나는 우리 공관 제1호 보물

어쩌다 외교관, 그러다 방랑자

의 방한 초청을 꿈꾸고 있습니다'였다.

드디어 기다리고 기다리던 반가운 소식을 본부로부터 받았다.

귀관 사지드 행정 직원이 표제 행사에 초청되었음을 알려드립니다. 상세 내용은 추후 통보 예정입니다.

나는 프린트한 전문에 입을 맞추었다. 그리고 2층에 있는 내 사무실에서 "사지드!"라고 외치며 1층까지 달려 내려갔다. 놀라서 달려온 사지드를 격하게 껴안고 얼굴을 쓰다듬으며 기쁨을 만끽했다. 너무 기뻐서 목이 메었다.

사지드는 한 번도 비행기를 타 보지 못했다. 해외여행은 고사하고 카라치를 벗어난 적도 없다. 카라치 근교에 갈 때 짧은 시간 기차를 타 본 게 유일한 경험이었다. 당연히 여권도 없었으나, 초청에 대비해 미리 신청해서 받아 두었다.

비행기 여행을 위한 가방도 없고 옷도 변변치 않았다. 나와 직원들은 돈을 모아 여행용 가방을 장만하고, 서울에 입고 갈 옷과 구두도 샀다. 카라치를 대표해서 서울에 가는데 후줄근한 모습으로는 안 된다며 때 빼고 광내서 보내자고 다들 앞장서서 기꺼이 도왔다.

카라치에서 서울에 가려면 두바이나 방콕을 경유해야 하는데, 복잡한 공항에서 환승을 잘할 수 있을지 걱정되어 한국인 행정 직원이 사지드의 출발에 맞춰 국내 휴가차 동행하기로 했다. 사지드의 서울행 준비로 우리 공관은 연일 축제 분위기였다.

그런데 돌연 본부로부터 행사를 맡은 agent와 협의가 잘 진행되지 않아 부득이하게 다음 해로 순연하게 되었다는 통보를 받았다. 2022년에 선발된 직원이 그대로 2023년에 초청될 것이라는 말과 함께. 곧 서울 여행을 하게 된다며 잔뜩 들떠 있었는데, 실망스러운 상황이 되어 버렸다.

그러나 지금 생각하면 오히려 잘된 일이었다. 이제 내가 서울에서 사지드를 반겨 맞이하게 되었으니 너무나 행복한 마음이다.

사지드는 방콕을 경유하여 인천 공항에 도착할 예정이다. 행사 진행을 담당하는 팀장과 통화해서 확인해 보니 오후 6시경 서울 시내의 호텔에 도착할 예정이라고 한다. 나와 집사람이 6시 전에 호텔에 도착해서 사지드를 맞이할 계획이다. 분위기 좋고 괜찮은 식당에서 사지드에게 맛있는 한우 고기를 대접하고 싶다. 호텔 주변의 평가 좋은 식당을 찾고 있는 우리 부부는 참으로 행복하다.

사지드여. 우리 공관 제1호 보물 사지드여. 천성이 착하고 부지런하고 좋은 사람 사지드여. 빨리 와요, 서울에. 당신을 손꼽아 기다리는 우리 곁으로.

어쩌다 외교관, 그러다 방랑자

신드 주지사와 함께

국경일 리셉션

어쩌다 외교관, 그러다 방랑자

신드대학교 특별 강연

신드주 의회 방문

어쩌다 외교관, 그러다 방랑자

카라치 판무관 초청 관저 만찬

어쩌다 외교관,
그러다 방랑자

20
회자정리의 숙명과 아픔

회자정리의 숙명과 아픔

어느새 가을빛이 완연하다. 가벼운 산들바람에 나뭇잎이 떨어진다. 눈부시게 하얀 산철쭉이 아파트 단지 안에 무리 지어 피어나던 때가 어제 같은데, 어느새 사라지는 것에 아름다운 채색을 하는 조락의 계절이 내 곁에 찾아왔다.

아파트 단지 내 벤치에 앉아 눈앞에 펼쳐진 가을의 향연을 지켜본다. 조용히 앉아 생각에 잠긴 사람도 있고, 바삐 걸음을 재촉하는 사람도 있다. 이웃 사람들이 사는 모습이다. 자연의 변화는 똑같지만 그를 보고 느끼는 사람들의 마음은 다 다르다.

오늘은 하늘이 높고 청아한 가을 날씨가 아니다. 잔뜩 흐리다. 곧 비가 내릴 것 같다. 그 흐림에 투영되고 있는 가을의 모습은 슬프면서도 화려하다.

슬프고 화려한 가을날이면 함부르크 생각이 더욱 간절하다. 나와 집사람의 함부르크 사랑은 죽음에 이르는 병이 아닐까. 이 불치의 병을 어떻게 치유할 수 있을까.

자유 한자 도시, 엘베강의 메트로폴리스에 가고 싶다. 알스터 호수와 운하에서 카누를 타며 함부르크의 화려한 가을을 느끼고 싶다. 엘베강의 모래밭에 앉아 붉은 낙조와 함께 슬픈 뱃고동 소리를 듣고 싶다. 블랑케네제 언덕의 카페에 앉아 대항해를 떠나는 유람선을 바라보고 싶다. 함부르크 우리 동네 길을 걷고 싶다. 우리 집주인 노부부와 이웃 독일 사람들을 만나고 싶다. 같이 근무했던 공관 직원들과 마도로스의 연가를 들으며 맥주를 즐기고 싶다. 숲의 도시 함부르크의 가을은 참으로 화려하다. 눈부시다. 우리 부부가 꿈에서도 사랑하는, 단 하루도 잊지 못하고 그리워하는 그곳 함부르크에 가고 싶다.

깊어 가는 가을에 함부르크에 대한 그리움은 눈물이 되었다.

지난주 일요일 저녁 사지드가 서울에 모습을 드러냈다. 그는 카라치의 작은 영웅이다.

방콕에서 환승 시간이 촉박함에도 서울행 비행기를 잘 갈아타고 인천 공항에 도착해서, 초청된 다른 공관 직원들과 함께 호텔에 무사히 도착했다. 호텔에 미리 도착해서 기다리고 있던 나는 그와 뜨거운 포옹을 했다. 그는 감동의 눈물을 쏟아 냈다.

사지드는 총영사님이 아니었다면 평생 비행기를 타 보지 못했을 거라며 울먹거렸다. 내가 서울 본부에 여러 차례 전화하고 장문의 메일을 보내 부탁하고 사정했다는 사실을 자신은 물론 카라치 공관의 모든 직원이 알고 있다고 하면서, 그것만으로도 감사한데 총영사님과 사모님이 함께 보잘것없는 자신을 기다렸다며 엉엉 울었다.

나는 몇 번이고 사지드를 껴안아 주며 그의 얼굴을 쓰다듬었다. 정말 반가웠다. 눈물 나게 반가웠다. 사지드는 나에게 행복의 눈물을 선사한 멋지고 고마운 사람이었다. 인연이 얼마나 귀한 것인가를 직접 보여 준 사람이었다.

호텔 뒤편에 있는 고깃집에서 한우 고기를 저녁으로 대접했다. 사지드는 고기가 입에서 살살 녹는다며 환하게 웃었다. 그가 맛있게 먹는 것만 봐도 배가 불렀다. 식사 후에는 호텔 로비에서 이야기꽃을 피우느라 시간 가는 줄도 몰랐다. 그렇게 3시간이 흘렀다. 더 같이 있고 싶었지만, 그가 비행기에서 한숨도 자지 못한 데다 시차도 적응되지 않았고, 내일 아침부터 일정이 시작되기 때문에 그를 놓아주어야 했다.

이별은 언제나 가슴 아프다. 이제 헤어지면 평생 다시 만나지 못할 것이다. 그렇기에 더욱 가슴 아픈 작별일 수밖에 없다. 현실적으로 내가 치안과 생활 환경이 최악인 카라치를 방문할 가능성도 높지 않고, 사지드가 자기 돈으로 다시 서울에 올 가능성도 전무하다. 그 빈곤한 살림에 생각할 수도 없으리라. 몇 번이고 그를 껴안고 얼굴을 만졌다. 눈물과 함께한 작별이었다.

집으로 돌아가는 늦은 저녁 시간의 지하철은 하루의 피로감으로 무겁다. 내 마음도 정말 무거웠다. 많은 것을 생각하게 하는 시간이었다. 인연이란 무엇인가, 산다는 것은 무엇인가 고뇌하는 시간이었다. 카라치를 생각하고 카라치 사람들의 신산한 삶을 생각하는 시간이었다. 착한 우리 공관 현지 직원들의 모습이 이름과 함께 떠올랐다. 그들은 비행기를 타고 서울에 가는 사지드가 얼마나 부러웠을까. 그들이 아프지 않고 다치지 않고 잘 살아가기를 기도했다. 딸린 식구가 많은 카라치 현지 직원들의 어려운 삶을 다시금 생각하게 하는 그런 시간이었다. 가족을 먹여 살리는 가장이 잘못되면 가족들은 하루아침에 길거리의 거지가 될 수밖에 없다. 그들의 어깨에 가족의 목숨이 달려 있다.

자애로운 신이여, 우리 공관 현지 직원들에게 건강과 행운을 내려 주소서, 아프지 말게 하소서, 다치지 말게 하소서.

사지드와의 아픈 작별 후, 그의 방한 일정을 자세하게 보다가 내가 정말 큰 실수를 저질렀다는 것을 알게 되었다. 방한 일정 중 자유 시간이 주어지는데, 사지드에게 커피값이라도 있을지 걱정이 되었다. 해외여행도 처음이고, 곤궁한 살림에 달러로 환전할 수 있는 돈도 없을 테고, 설령 있다고 하더라도 그렇게 하기 어려웠으리라 생각하니 너무나 안타까웠다. 다른 공관에서 온 직원들은 자유 시간에 분위기 좋은 카페에서 커피도 마시고, 가족들을 위한 기념품도 살 텐데, 우리 사지드는 그럴 돈이 없어 입맛만 다시며 어쩔 줄 몰라 하고 있지 않을까 걱정이 되었다. 도착하는 날에 저녁을 대접하며 용돈으로 쓰라고 10만 원이라도 손에 쥐여 주었어야 했는데. 내가 왜 그 생각을 못 했는지 너무나 후회스러웠다. 사지드에게 웃으면서 줄 수 있는 돈인데. 내 자신이 원망스러웠다.

생각 끝에 이번 행사를 맡은 팀장에게 전화하여 송금해 줄 테니 ATM에서 찾아 전달해 달라고 부탁했으나, 여러 사정으로 불가능하다고 정중하게 거절당하고 말았다.

나이가 드니 확실히 정신이 흐려지는 것 같다. 하나만 알고 둘을 생각할 줄 모른다. 사지드에게 저녁을 대접하면서 용돈 몇 푼 손에 쥐여 줄 생각을 못 하다니. 답답한 마음에 카라치에 전화하여 양성철 부영사와 통화했다. 그런데 양 부영사로부터 반가운 소식을 듣게 되었다. 자기가 가진 한화에 달러를 좀 보태어 사지드에게 격려금을 전달했다고 했다. 작년에 사지드를 서울에 보내기 위해 나와 함께 노력했던 양 부영사가 끝까지 그를 챙겼다. 양 부영사의 따뜻한 마음이 참 고마웠다. 그 돈이면 자유 시간에 입맛만 다시지 않고 커피도 마실 수 있고, 부인과 딸의 기념품도 살 수 있으리라.

카라치에서 같이 근무할 때 공관장으로서, 외교부 대선배로서 햇병아리 초임 외교관인 양 부영사에게 애정을 가지고 많은 것을 가르쳐 주려고 노력했다. 젊은 직원이지만 우리 양 부영사는 사람이 진솔하고 차분하며 따뜻한 마음을 가진 사람이다. 그는 외교부의 훌륭한 인재가 될 것이다.

사지드는 금요일에 일정을 마무리하고 토요일에 다시 카라치로 떠나게 된다. 한국에서의 1주일은 그에게 꿈 같은 시간이었을 것이다. 카라치와는 비교도 되지 않는 다른 세상의 꿈. 이제 꿈에서 깨어 카라치로 돌아가야 한다. 열악한 환경과 신산한 삶이 기다리는 그곳으로. 가족이 기다리는 그곳으로 돌아가야 한다. 카라치 우리 공관의 자랑이요, 역사요, 살아 있는 전설이기에 돌아가야 한다.

만나고 헤어지는 것이 인생사 아니겠는가? 그러나 외교관이 겪을 수밖에 없는 회자정리의 삶은 나에게 고통이었다. 퇴직하고 나서도 그 고통을 겪는 내 운명은 무엇이란 말인가. 만남과 헤어짐을 거듭하는 숙명과 아픔은 나에게 무엇일까?

    가을 분위기 물씬 풍기는 아파트 벤치에 앉아 핸드폰에 회자정리의 아픔을 써 내려가다 보니 벌써 1시간이 지나갔다. 땅거미가 지고 있다. 어느새 화려한 가을옷을 차려입은 나무들의 모습이 어둠 속에 자취를 감추고 있다.

    자연의 이치와 함께하는 우리의 인생을 돌이켜 본다. 나의 인생은 지금 저 화려하게 채색되어 가는 가을 나무가 아닐까 싶다. 하룻밤이 지나고 나면 저 나무들의 이파리는 쓸쓸한 가을바람을 못 이겨 더 노랗고 붉게 물들어 갈 것이다.

어쩌다 외교관,
그러다 방랑자

21

황금빛 들판은
끝이 없건만

황금빛 들판은 끝이 없건만

"총영사님, Sukkur(서커)시 상공 회의소에서 초대장을 보내왔습니다. 상공 회의소 회원들이 한국-파키스탄 비즈니스 협력에 대해 관심이 많다고 하면서 총영사님과 대화의 시간을 갖고 싶다고 합니다."

"이 부영사, 좋습니다. 가지요. 그러지 않아도 우리 EDCF 사업으로 추진되고 있는 서커시 어린이 병원 신축 현장에도 한 번 가 보려고 했는데. 그리고 전에 다른 나라 총영사관 국경일 리셉션에서 서커시의 명문 대학교인 IBA대학교 총장과 인사를 나눌 기회가 있었는데, 우리나라에서 박사 학위를 받고 자기 대학교에서 교수로 재직하고 있는 사람이 7명이나 있다면서 꼭 좀 방문해 달라고 했거든요. 그 일정도 같이 잡아 보세요."

"예, 그런 일정으로 1박 2일 출장을 추진하겠습니다."

어쩌다 외교관, 그러다 방랑자

"이 부영사. 그리고 돌아오는 길에 서커시에서 멀지 않은 곳에 있는 인더스 문명의 발상지 '모헨조다로'도 가 봅시다. 학교 다닐 때 세계사 시간에 배운 모헨조다로에 한 번쯤은 가 봐야 하지 않을까요. 외교관으로서 당연히 파키스탄의 역사와 문화에 관심을 가져야 하지 않겠습니까. 이때 아니면 언제 가 보겠습니까. 카라치에서 가까운 거리에 있는 것도 아닌데.

그리고 파키스탄 농촌 현실이 어떤지 두 눈으로 보고 옵시다. 도시 생활도 이렇게 비참한데 농촌의 현실은 말할 필요도 없을 것 같네요. 농가에 어린애들도 많이 있을 텐데 빈손으로 갈 수는 없고, 우리 진출 기업 롯데콜손이 만들어서 팔고 있는 초코파이나 10박스 정도 가져가 봅시다. 가엾은 파키스탄 농촌 아이들에게 먹을 것 하나라도 손에 쥐여 주어야 돌아서는 맘이 편할 것 아니겠어요.

상공 회의소와 IBA대학을 위해 우리나라 홍보 자료도 잘 챙기고요. 금번 출장은 나, 이 부영사, 사우드(Saud) 이렇게 셋이 갑시다."

"예, 총영사님. 그렇게 준비하겠습니다."

"사우드, 서커 출장 가는 데 문제점은 없어요? 특별히 준비해야 하거나 신경 쓸 일이 있을 것 같은데?"

"공관장이 카라치를 벗어나 다른 곳으로 출장 가는 경우 파키스탄 외교부에 통보해야 합니다. 그러면 외교부에서 경찰 경호 서비스를 제공해 줍니다. 치안이 좋지 않기 때문에 외교관의 신변 안전을 위해 그렇게 하고 있습니다."

"좋습니다. 당연히 그렇게 해야지요. 신변 안전이 무엇보다 중요하니까요. 또 파키스탄 외교부에서 그런 서비스를 주선해 주는데 마다할

이유가 없지요. 그리고 다른 문제는 없습니까?"

"카라치에서 서커까지 약 400km 정도 되는데, 고속도로 사정이 워낙 열악하여 오후 3시부터 시작되는 일정에 맞추려면 새벽 5시경에 출발해야 할 겁니다."

"뭐요? 새벽 5시? 그럼 카라치에서 서커까지 자동차로 거의 10시간을 가야 한단 말이에요?"

"말이 고속도로지 도로 사정이 워낙 엉망이어서 일찍 출발해야 합니다. 수도인 이슬라마바드나 펀잡주는 고속도로 사정이 나쁘지 않은데, 신드주는 정말 말이 아닙니다. 중간에 점심도 먹고 쉬기도 해야 하니 일찍 출발할 수밖에 없습니다."

"저야 괜찮은데 경찰도 그렇고 여러 사람이 힘들 것 같네요. 경호 서비스를 제공하는 경찰에겐 뭘 어떻게 해 주면 되나요?"

"카라치에서는 카라치 경찰이, 카라치를 벗어나면 신드주 경찰이 경호를 담당하게 되는데 수고비를 좀 주면 됩니다. 식사나 차 마시는 것은 자기들이 알아서 할 겁니다."

"수고할 경찰이 몇 사람이나 되나요?"

"카라치 경찰 3명, 신드주 경찰 6명입니다."

"카라치 경찰은 새벽 시간이니 수고비만 주면 될 것 같은데, 신드주 경찰은 점심도 사 주고 마시고 싶어 하는 밀크티도 좀 사 줍시다. 그들이 좋아하는 치킨 비리야니와 밀크티가 다해서 얼마나 되겠어요. 잘사는 나라 한국 외교관을 경호하니 자기들도 은근 기대하고 있을 텐데. 야박하게 굴어서야 되겠습니까. 그 정도는 기꺼이 해야지요. 한두 시간도 아니고 긴 시간 동안 우리를 위해 일하는데 감사한 마음으로."

어쩌다 외교관, 그러다 방랑자

그렇게 우리는 계획대로 2022년 3월 말 어느 날 새벽 5시, 서커 방문을 위해 경찰과 함께 카라치에서 출발했다. 아직 잠에서 깨어나지 않은 카라치 시내를 통과했다. 정신없이 혼잡하고 무질서한 카라치는 아직 모습을 드러내지 않았다. 아직 잠에서 깨어나지 않은 카라치 덕분에 우리는 생각보다 쉽게 카라치를 벗어날 수 있었다.

카라치의 일상이 그날의 새벽과 같다면 세계에서 가장 살기 어려운 도시 top 5에서 쉽게 벗어날 수 있으리라. 동이 트고 아침이 밝으면 새벽의 카라치는 먼 나라 이야기가 될 것이다. 2천4백만 대 인구가 먹고 살기 위해 움직이면 감히 상상하기 어려운 혼란이 시작된다. 살아남기 위한 삶의 모습이 생생하게 펼쳐진다. 그러나 그들의 처절한 삶을 혼란이라고 폄하하지 말자. 살아 숨 쉬는 생동감 있는 삶이라고 따뜻한 마음으로 지켜보자.

카라치를 벗어난 우리 일행은 지평선까지 끝없이 펼쳐진 신드주의 평원을 달렸다. 어느새 동이 트고 해가 떠올랐다. 연일 구름 한 점 없는 하늘이다. 붉게 떠오른 태양은 3월인데도 35도를 쉽게 넘기며 신드주의 평원을 달궜다. 황금색으로 물든 끝없는 밀밭은 농부의 손길을 바쁘게 만들었다. 그 밀밭 사이로 보이는 흙담으로 지은 초라한 농가 마을들이 왠지 애처로웠다. 황금물결 휘날리는 풍요로운 밀밭의 풍경과 함께 사람의 손길이 닿지 않은 버려진 황량한 땅도 여기저기 눈에 잡힐 듯 밀려왔다.

밀밭을 지나자 바나나밭이 끊임없이 펼쳐졌다. 바나나밭을 지나자 한참 꽃을 피우고 있는 망고나무들이 현란한 모습을 드러냈다. 꽃이

지고 망고가 열리면 이 땅은 풍요로운 세상이 될까? 지평선 너머까지 펼쳐진 대추야자 단지도 대단했다.

대추야자

대추야자는 키가 작은 수종이 있는가 하면 10m를 가볍게 넘겨 코코넛 야자수 못지않은 자태를 뽐내는 나무도 있다. 이곳 대추야자밭은 늘씬함을 자랑하는 야자수로 장관을 이루고 있었다. 대추야자를 수확해서 돈을 버는 것보다 테마파크로 조성하고 관광지로 꾸미면 훨씬 좋겠다는 생각이 들 정도로 화려한 장관이었다.

우리는 그렇게 밀밭과 바나나밭, 망고 과수원, 대추야자 단지를 번갈아 지나가며 서커시에 오후 2시가 넘어 어렵게 도착했다.

카라치와 서커 사이의 고속도로는 고속도로가 아니었다. 노면 상태

어쩌다 외교관, 그러다 방랑자

는 말할 필요도 없고, 고속도로 갓길 경계조차 없었다. 고물 트럭이 짐을 터질 듯이 가득 싣고 검은 연기를 내뿜으며 시속 50km도 되지 않을 것 같은 거북이걸음으로 길을 막고 있으니 어떻게 고속도로라고 할 수 있겠는가. 경찰이 앞에서 길을 트고 안내해 주어서 그나마 예정된 시간에 도착할 수 있었다.

고속도로가 도시를 지나갈 때는 고속도로로서의 생명을 잃어버리고 그냥 시내 일반 도로가 되어 버렸다. 심지어 혼잡한 시골 시장을 통과해야 하는 경우도 있었다. 그 시골 시장은 영화 〈국제시장〉에 나오는 부산 피난민들의 모습보다 더 비참한 모습이었다. 남루한 거지 같은 옷차림, 씻지 않은 모습, 다 쓰러져 가는 천막, 쓰레기 무덤과 악취, 파리 떼가 지배하는 아픈 곳이었다. 그러나 그들에겐 살아 움직이는 소중한 삶의 현장이었다. 거기에 비하면 카라치는 천국이라고 할 수 있었다. 고속도로 휴게소는 사치스러운 이름에 불과했다. 위생 상태가 엉망인 지저분한 곳에서 밀크티 한 잔 마실 수 있는 것만으로도 행복해야 하는 그런 상황이었다.

서커에 도착해서 상공 회의소, IBA 대학교 방문, 어린이 병원 신축 현장 방문 등 일정을 모두 잘 소화했다.

IBA 대학교 방문에서는 우리나라에서 박사학위를 받은 7명의 교수를 모두 만났다. 그들은 한국 유학 생활을 추억하면서 파키스탄 대학 교육에 대해 많은 이야기를 했다. 한국이 많이 생각나고 그립다고 했다.

그러나 무엇보다도 EDCF 차관으로 우리 건설사에 의해 신축되고 있는 어린이 병원 신축 공사장 방문이 나에게 가장 의미 있었다. 서커시 지역 주민들은 200개 병상을 갖춘 최신 어린이 전문 병원이 빨리 문을 열기를 기다리고 있었다. 파키스탄에서 가장 인구가 많은 펀잡주와 가장 낙후되어 있는 발루치스탄주와 경계를 이루는 지역에 서커시가 위치하고 있어, 여기에 어린이 병원이 개원되면 응급 어린이 환자 치료에 큰 도움이 될 것이라고 했다.

파키스탄은 세계에서 영유아 사망률이 가장 높은 나라 중의 하나다. 백신에 거부감이 커 현재 세계에서 유일하게 소아마비가 근절되지 않고 있는 나라이기도 하다. 경구용 소아마비 백신을 투여하기 위해 간호사가 가정 방문을 하고 있는데, 부모에 의해 살해되는 경우가 많이 발생하고 있다. 간호사를 보호하기 위해 경찰이 동행하고 소아마비 백신 접종을 대대적으로 홍보하는데도 저항이 상당하다.

EDCF로 IT Park 등 여러 사업이 추진되고 있지만, 어린이 병원 개원은 그런 의미에서 특히나 중요하다. 어린 생명을 살리는 일이기에.

다음 날도 우리는 바삐 움직였다. 카라치로 내려가는 길에 인더스 문명 발상지인 '모헨조다로'와 시골 농촌을 방문하려면 시간이 빠듯했기 때문이다.

모헨조다로로 가는 길도 참으로 힘들었다. 고속도로는 엉망이었지만 시골길에 비교하면 그나마 양반이었다. 흙먼지가 뭉게뭉게 일어나는 비포장도로를 많이 달렸다. 어렸을 때 비포장 신작로를 달리며 덜커덩거리던 시골 버스의 추억을 모헨조다로 가는 길에 그대로 느낄 수 있었다. 인더스 문명 발상지라고 파키스탄이 자부심 있게 홍보하고 있는 곳이지만 고속도로에서 바로 연결되는 도로도 없다. 안내 표시도 없는 시골길을 돌고 돌아가야 했다. 경찰의 안내가 없었으면 방문 자체가 불가능할 것 같았다. 이것이 바로 파키스탄의 가슴 아픈 현실이다.

우리는 어렵게 모헨조다로 방문을 마치고 황금빛 밀밭이 출렁이는 어느 시골 마을에 발을 디뎠다.

신드주의 드넓은 평원에는 100가구 정도 되는 작은 마을들이 넓게 산재해 있었다. 마을과 마을을 잇는 대중교통 시스템이 없다. 카라치에서 가끔 보이는 당나귀는 농촌 마을에서 주민들의 가장 중요한 발이다. 카라치 등 대도시에서는 시민 대부분이 소형 오토바이에 의존하지만, 농촌에서 오토바이는 귀중품이자 사치품이다. 그러니 당나귀 발에 의존해 살아갈 수밖에 없다.

농촌 마을이 넓은 평원에 산재해 있는 데다 대중교통 수단이 없는 구조적인 문제로 어린이들이 학교에 다니지 않아 파키스탄 농촌의 문맹률은 매우 높다. 더불어 자녀를 교육해야 하겠다는 부모의 의지도 없다.

파키스탄 농촌 가구는 80% 정도가 소작농이다. 뼈 빠지게 일해도 입에 풀칠하며 사는 수준이다. 농촌을 떠나 도시로 탈출하기도 쉽지 않고, 특히 남성 우위 사회에서 여성들은 농촌을 벗어나지 못하고 평생을 살아가야 할 운명이다. 그렇기에 파키스탄 농촌 여성의 삶이 더욱 가슴 아플 수밖에 없다.

우리가 방문했던 농촌 마을은 그래도 우리나라로 따졌을 때 면사무소 소재지 정도 되는 마을이라 가게도 두서너 개 있고, 마을 주민들이 밀크티를 즐기는 곳도 있었다.

그곳에서 땀에 찌들고 남루한 옷차림을 한 남자들이 모여 밀크티를 마시며 잡담을 나누고 있었다. 자기들과 얼굴 모습이 다른 나를 호기심 있게 바라보면서 밀크티를 권했다. 찻잔에 붙은 새카만 파리 떼, 지저분한 찻잔에 손을 선뜻 내밀 수 없었지만 그들의 호의를 생각해서 잔을 받아 들었다. 여자들은 뙤약볕 들판에서 일하고 있는 것 같은데 남자들은 여기서 뭐 하고 있냐고 물었더니 여자들은 쉬지 않고 일하고 남자들만 밀크티 마시며 시간을 보내거나 나무 그늘에서 낮잠을 즐긴다고 했다. 배짱이 인생이 따로 없었다. 밀을 어떻게 수확하는지 궁금하다며 가족이 일하고 있는 밀밭에 가 보고 싶다고 했더니 흔쾌히 좋다고 하면서 우리를 안내했다.

35도가 넘어가는 뙤약볕에 체구가 왜소한 여자들이 낫질하고 있었다. 어느 세월에 이 넓은 밀밭을 낫으로 다 벨지 한숨이 절로 나왔다. 탈곡기도 많지 않다. 베어낸 밀을 다발로 묶어 머리에 이고 동네에 하나 있는 탈곡기가 있는 곳으로 옮겨야 한다.

남자들은 밀크티를 마시며 시간을 보내고 낮잠도 즐기며 설렁설렁하는 듯 마는 듯 그렇게 보내고 있으나, 여성들은 그럴 시간도 없이 허리도 제대로 펴지 못하고 낫질을 해야 한다. 게다가 때가 되면 가족들 식사 준비를 위해 허겁지겁 집으로 달려가야 한다. 밀 다발을 머리에 이고 애들의 손을 끌고 들판을 가로질러 집으로 향하는 여성들의 가없은 모습이 가슴 아플 뿐이다.

살고 있는 집에 가 보자고 했더니 싱글벙글 좋다고 했다. 파키스탄 농촌 남자들은 무사태평인 것 같았다.

어쩌다 외교관, 그러다 방랑자

흙벽돌 집에 흙바닥 생활이었다. 화덕에 솥단지 하나 걸어 두고 나무를 땔감으로 쓰는 그들의 삶은 좋게 말하면 자연 친화적이고 나쁘게 말하면 너무나 허접했다. 신드주의 농가는 대부분 이런 모습이었다.

시골 마을에서 흙담 집이 아닌 곳은 작은 모스크가 유일했다. 그나마 모스크는 반들반들한 타일로 외관을 장식하고 있어 윤이 났으나, 사람이 사는 집은 모두 흙으로 빚어 흙과 함께 살고 있었다.

노동력이 중요한 농촌의 현실을 모르는 바는 아니지만, 그만그만한 어린 자식들은 또 왜 이렇게 많은지. 농사일하랴, 어린 자식들 챙기랴, 집안 살림하랴, 파키스탄 농촌 여성의 허리는 한순간도 편할 시간이 없는 것 같았다. 안타까운 마음에 초코파이를 건네는 내 손이 떨릴 뿐이었다.

황금빛 밀밭이 카라치를 향해 달리는 차창에 끝없이 스쳐 간다.

"총영사님, 파키스탄 농촌 현실이 참 어렵습니다. 농촌 여성들의 삶은 더 비참하고요. 참 마음이 무겁습니다."

"이 부영사도 지금 그런 생각을 하고 있었군요. 나는 외교관 생활 마지막에 이런 경험을 하지만 우리 이 부영사는 첫 해외 근무에서 경험하고 있지 않습니까. 기안을 잘하고 말 잘한다고 반드시 훌륭하고 성공한 외교관이라고 할 수 없습니다. 사람에 대해 따뜻한 마음을 가지고 공감하는 외교관이 진짜 성공한 외교관이라고 생각합니다. 그런 의미에서 비록 카라치가 별 볼 일 없고 세계에서 가장 살기 어려운 임지이지만, 우리 이 부영사에게는 아주 의미 있고 좋은 곳이 될 겁니다. 카라치에 근무하다 보면 저절로 사람을 소중하게 생각하는 법을 배우게 될 겁니다. 오늘 이 부영사가 느낀 아픈 마음 덕분에 미래에 성공한 외교관이 되고도 남을 것이라고 나는 확신합니다."

"총영사님 말씀 잘 새기겠습니다."

차창 밖으로 끝없는 황금 밀밭이 펼쳐지고 있었다.

"이 부영사, 어제 서커로 향할 때 바라본 밀밭은 참 낭만적이고 좋아 보였는데 오늘 카라치로 향하는 밀밭은 그렇게 보이지 않는군요. 차라리 저 넓은 밀밭이 없었으면 좋았겠습니다. 저 넓은 밀밭에서 허리도 제대로 펴지 못한 채 낫질을 하고 있을 파키스탄 농촌 여성의 신산한 삶이 가슴에 밟히네요."

어쩌다 외교관, 그러다 방랑자

펴낸날 2024년 2월 28일

지은이 김학성
펴낸이 주계수 | **편집책임** 이슬기 | **꾸민이** 박효빈

펴낸곳 밥북 | **출판등록** 제 2014-000085 호
주소 서울시 마포구 양화로 7길 47 상훈빌딩 2층
전화 02-6925-0370 | **팩스** 02-6925-0380
홈페이지 www.bobbook.co.kr | **이메일** bobbook@hanmail.net

© 김학성, 2024.
ISBN 979-11-7223-000-5 (03810)